ハヤカワ文庫SF
〈SF2448〉

宇宙英雄ローダン・シリーズ〈715〉

《バジス》復活!

アルント・エルマー
井口富美子訳

早川書房
9066

PERRY RHODAN
HAMILLERS HERZ
HAMILLERS PUZZLE
by
Arndt Ellmer

Translated by
Fumiko Iguchi
First published 2024 in Japan by
HAYAKAWA PUBLISHING, INC.
This book is published in Japan by
arrangement with
HEINRICH BAUER VERLAG KG, HAMBURG, GERMANY
through JAPAN UNI AGENCY, INC., TOKYO.

目次

《バジス》復活！

登場人物

ペリー・ローダン……………………銀河系船団最高指揮官
レジナルド・ブル（ブリー）……《シマロン》指揮官
グッキー……………………………ネズミ＝ビーバー
エイレーネ…………………………ローダンの娘
コヴァル・インガード……………惑星ブガクリスからきた男
ベオドゥ……………………………アッタヴェンノク
アンブッシュ・サトー……………超現実学者
エンザ・マンスール
ノックス・カントル ……………シナジー・ペア。天才科学者
ベアゾット＝ポール………………シガ星人。インターコネクト専門家
ファング・トロク…………………カラポン帝国軍特務部隊の指揮官

ハミラーの心臓

アルント・エルマー

1

　アンブッシュ・サトーのチームが使う部屋やラボは、船の中央部、第四デッキにある。そのおかげで、エンザ・マンスールは遠く隔絶された船尾の第三格納庫まで行かずにすんだ。この第三格納庫の独立したホールにあるのは銀色の箱だけで、《シマロン》乗員のほとんどが、こんなものはさっさと廃棄したほうがいいと考えていた。かれらはハミラー・チューブが船に危険をもたらすといってはばからないし、もよりの恒星に投げこんでしまおうというアイデアに賛成する者も多かった。もっともこのアイデアの発案者であるレジナルド・ブルは、自分の思いつきを忘れているようだったが。かれは指揮官として、分散化した《バジス》のシントロニクスを担当するのは自分の責務だと感じ、予想外の忍耐強さでアンブッシュ・チームの進捗《しんちょく》を見守っていた。ブリーはここ数週間、ハミラーのことで激怒したことはあったが、すぐに冷静さをとりもどし、グッキーのあてこすりにもぐっとこらえた。ハミラーのことだけでなく、故郷銀河に入ることもできずに全員が漂流したままだという事実も、おそらくかれが感情を抑制していた理由のひとつだろう。《シマロン》乗員の八割はテラナーで、のこりはアコン人、アラス、アンティ、新アルコン人、ブルー族、エプサル人、フェロン人、エルトルス人などだった。かつてのタルカン遠征隊に属していたほかの船の乗員構成もほぼ同じだ。

この時期、すべての乗員がきわめて強い自制心と責任感をしめしていた。ブリーは自分の性格からくるふるまいを必死におさえようとして、かえってそれがはっきり出てしまい、うまくいかないときもあった。

エンザ・マンスールはどんなときもレジナルド・ブルのことを考えた。こういう状況でかれならどうするだろうと想像した。そして、いまはハミラーのそばにいる四人組を待とうと決めた。分析システムの上にかがみこんでモニターを起動させ、いくつかコマンドを入力して待つ。スキャナーの下でバラ色に鈍く光る記憶クリスタルをじっと観察した。ホワルゴニウム基板上で機能するクリスタルは球状に見えるが、その構造は正確に六万五千五百三十六個の微細面でできていて、裸眼では識別できない。各表面が一個のモジュールの外側部分だ。この種のクリスタルには何年にもわたる無数の情報が保存されている。ギャラクスには代えられない高価なもの。シナジー・ペアのかたわれはその繊細な物体を注意深くとりあつかった。

エンザはスキャンレーザーのエネルギーを最小にし、クリスタルの初期モジュールを振動させた。スクリーンにデータが表示され、ささやくような声が説明をはじめた。エンザはその声の主を知らなかった。合成音声かもしれない。音量がちいさいので人間の声との比較はむずかしかった。過去の時代のナレーターで、もし人間だったとしてもとうに死んでいるだろう。

青ざめた女テラナーの視線がスクリーンから振動子へと移動し、エネルギー・フィールドが生じた振動をモニター上にうつしだした。エンザの目は二分以上それを注視していた。何度もまばたきし、とうとう首を横に振ると、「せめて二十倍に表示を拡大して！」と、制御コンピュータに指示した。シントロニクスがシステムを切り替えた。

エンザは、はたして不規則な動きがあることに気づき、スキャナープログラムを補填した。振動区間の不具合がどのくらいつづいたかを、ブーンというかすかな音がしめしていた。

エンザが横目でこっそり見ていると、同じ部屋にいるほかの科学者たちがさっと顔をあげた。どこからかちいさなうなり音が聞こえ、その発生源が近づくにつれて音は大きくなっていった。エンザはあちこち見まわして、かれを見つけた。

ベアゾット＝ポールが古めかしい飛翔器を使って近づいてきて、モニター機器の上にかがみこんだ。

「これはなんですか？」と、音声増幅器で訊いた。「なにを見つけたんです？」

さまざまな種族の男女が近づいてきたのを見てエンザは答えた。

「わからないわ。どうかじゃましないで。自分の仕事に集中したいの！」

「もちろんですとも、奥様」と、ひとりのアラスがつっけんどんに返事した。「お望みのままに！」

科学者たちは引きあげたが、ベアゾット＝ポールはのこった。エンザはシガ星人にとがめるような視線を向けた。

「耳に蠟でも詰まっているの？　わたしはひとりになりたいの！」

シガ星人は小型のアームバンド・テレカムになにか打ちこんで目を伏せた。

「許してください。あなたのことをなにも知らなかったんです！」

エンザは右腕を伸ばすと、ちいさな男を二本の指で注意深くつかみ、自分の顔の前に持ってきた。

「いま、わたしのサイコグラムを呼び出したでしょう。違う？」

「チーム作業指示書、項目第十七番にしたがい、わたしは不適切なことはしていません」

エンザは小人を機器の上にもどしてやった。

「しずかにしていて。この仕事に集中したいから。たぶん、シュプールを見つけたわ」

彼女はスキャンをとめてもう一度最初から実行するよう分析シントロニクスに指示し、光学的特徴を記録するために記録装置を作動させた。

振動子モニター上で正弦曲線がふたたびせわしく錯綜しはじめ、エンザは前と同じことを発見した。違うのはシントロニクスのうなり音がしないことだけだ。

エンザにはどこがおかしいのかはっきりわかった。複数の曲線で振幅が変動している。そのうちのひとつでは周波数が合わない。再現中にその現象は三秒ほどつづいた。

「クリスタルが損傷している」と、エンザがつぶやいた。「ひとつの可能性として、だけど。アンブッシュ・サトーに意見を聞こう」

テレカムのほうへ駆けよろうとするエンザを、シガ星人の興奮した声が引きとどめた。ベアゾット＝ポールは飛翔器を作動させて装置から飛び立ち、スクリーンから三十センチメートルはなれたところで浮いていた。

「これです！」音声増幅器がノイズを発した。あわてたシガ星人が音量をあげすぎたのだ。「見ましたか？」

「なにを？」

「四四六年の情報ですよ、エンザ！ ソト＝ティグ・イアンが銀河系の戦いに勝利！ブラックホール中心部を操作する役目のステーションは破壊できなかった」

エンザ・マンスールは驚いて額に手をやった。彼女の頭が燃えるように熱くなったと思うと、両手でスキャンを中断した。三度めに記憶装置を最初からスタートさせ、スクリーンを流れるデータを無言で読みとっていった。

「ここでとめて！　五十パーセント遅くして！」

戦争崇拝の終焉と、ソトおよびエスタルトゥの秘密の支配者による銀河系の危機について、データを細かく追っていった。

この対決の最終局面の記録は、実際に起こったことと一致しなかった。

エンザは大きく息を吸うと、これらのクリスタルに記録されたあらゆる知識が収納されて船を制御するメインシントロニクス装置とシントロニクスを接続させた。

「なにかご用ですか、エンザ」愛想のいい声でシントロニクス結合体が答えた。

シントロニクスは、早口でまくしたてるシナジー・ペアのかたわれが話し終えるまで待っていた。

「アンブッシュ・サトーは三つのクリスタルに記録しました。最後のクリスタルには四四七年から四四八年にかけての出来ごとが記録されています」

「すべてのデータは、シントロニクスの記憶から変更なしでコピイされたの？」

「そのとおりです」

「このラボにあるクリスタルの内容を再生するから確認して。用意はいい？」

「いつでもどうぞ、エンザ・マンスール」

エンザがデータを伝送すると、十秒後には返事があった。

「誤情報を合計八十個所発見しました。それにはわたしの伝送コードがついていません。つまり、あとから改竄《かいざん》されたのでしょう。アンブッシュ・サトーに説明をもとめますか？」

「そうして！」エンザは思わず答えたが、次の瞬間、手で口を押さえた。

「やめて！」エンザの声が大きくなり、驚いたベアゾット＝ポールがデスクのうしろにかくれてしまった。「アンブッシュ・サトーには責任がないはず！」

とはいうものの、彼女には確信がなかった。短いブロンドの髪をかきあげ、心を決めて振り向いた。のこりふたつのクリスタルが必要だし、ノックスの考えも聞こうと思った。

＊

ハッチが音もなく横へスライドした。

「入って！」と、いう声がした。エンザ・マンスールがキャビンに入ると、ノックス・カントルがだらしない格好でリビングのソファでくつろいでいる。シャワーを浴びたあとで髪が濡れていた。身につけているものといえば、腰に巻いた黄と青のストライプのバスタオルだけだ。

エンザは立ったままかれを見おろしていた。その視線になにか挑戦的なものを感じたからだ。一瞬にして、意味のない緊張感が生まれた。四年間もいっしょに仕事をしてきたのに、どうしても親密になれない。

「どうしたの?」と、彼女が訊いた。「なにか着たらどう?」

ノックス・カントルはその大きな褐色の瞳で彼女を一瞥《いちべつ》し、立ちあがってバスタオルをしっかり巻きなおした。片手でタオルを押さえ、もう片方の手で額の髪を片側によせようとした。見つめ合うふたりの目はよく似ていて、他人から見るとまるで兄妹だ。

「いつもはちゃんと服を着ているんだ」ノックスの声はちいさかった。「くるなんて聞いていなかったから。きみの接近をサーボが知らせてくれるのが遅かったんだ」

「そんなことはどうでもいいのよ。まったくもう! わたしが突然あらわれたのにはそれなりの理由があるはずだと思わない?」

ノックスは寝室へ向かい、開いたドアの向こうに消えた。

「着替えているあいだに話してくれ。なにがあったんだい?」

エンザは悪態をつくと、ノックスのいる寝室に踏みこんだ。かれはドアに向かって立っていた。それも、ちょうど縞《しま》模様のブリーフをはいたところだ。

「ノックス、ハミラーのことよ」と、わめいた。「なにかよくないことが起きている。情報が改竄されているのを見つけたわ。シントロン・システムの分析結果もある。さあ、その重い腰をあげてデータを呼び出して。さっさとやるのよ！」

エンザはベッドの上にあるのこりの下着をつかむとかれに投げつけた。それから、その腕をつかんで引っ張った。彼女より十一センチメートル背が高いノックスは、その腕をなんなく振りほどく。エンザを乱暴にわきへ押しやると、どなりつける彼女を尻目にテレカム装置に向かった。

二回のセンサー・コマンドで画面にデータを呼び出し、子細《しさい》に点検した。突然エンザのほうを振り向き、アンダーシャツを着ると、スポーツで鍛えた細身のからだをまっすぐに伸ばした。エンザは勘ちがいして、わたしにマッチョを誇示してどうするんだと文句をいった。

ノックスは肩をすくめ、テレカムにオフにするよう命じた。

「これはわたしが引き受けるよ。ひとりよりふたりでやるほうがまちがいを見つけやすいからね。分析装置のミスかもしれない」

「ふん！」エンザはさっさと振り向いてくるりと背を向け、三歩で出口の前に立った。

「わたしには、あなたなんてどうでもいいの！」

彼女が出ていくと、ハッチはしずかに閉じた。ノックスはうしろ姿を数秒間見つめていたが、首を横に振ると、がっかりしたようすで寝室に引っこんだ。三十秒でコンビネーションを着用し、髪をとかすと、いつだったか《ハーモニー》から送られてきたメロディを口笛で吹きながら歩き出した。キャビンを出たところで、エンザにぶつかりかけた。かれを待っていたのだ。

「ノックス!」その目が懇願するようにかれを見つめた。ノックスは両手をとってゆっくりと彼女のからだを自分のほうに引きよせた。しばらくのあいだふたりは無言で抱き合っていたが、急にはなれると通廊を通って近くの反重力シャフトに向かった。

「アンブッシュ・サトーはもうこのことを知っているのか?」

エンザは否定した。

「サトーが改竄に関与していないとはかぎらないからよ、ノックス。その可能性は低いけれど。みつけたのは偶然よ。四人で作業しているサイバネティカーを手伝おうと第三格納庫に行くつもりだったんだけど、遠すぎて面倒になり、クリスタルを検査することにしたというわけ」

「じゃあサトーに相談するときがきたな。外でなにが起こっているか、情報があるかい?」外というのは下にある惑星のことだ。

エンザは、フェニックスの状況はおちついていると答えた。

「サトーは船に乗っていないかもしれない。カンタロとパルス・コンヴァーターはかれにとって研究しがいのある対象だから」

ノックスは思案顔でうなずいた。ふたりは反重力シャフトに到着し、エンザが問題を発見したラボに向かった。この件に関する情報はすでにシントロニクス結合体にあり、見ようと思えば船内のだれでも確認できた。

ベアゾット＝ポールが愛想よくふたりを迎えた。シガ星人はディスプレイ装置の上にすわると、シナジー・ペアを詮索するように見た。

「あなたのコントラ・コンピュータはなんといってますか？」と、エンザにたずねた。

「いまのところなにもよ、おちびさん！」

ノックスはディスプレイ装置に駆けよると、口臭スプレーのにおいのする息をシガ星人に吐きかけた。ベアゾット＝ポールはひどいくしゃみをしてバランスを失い、つかんでいた縁から手を放してしまった。ノックスがとっさにキャッチしなかったら、デスクから落ちていたところだった。ノックスはシガ星人を手に持ったままエンザにクリスタルを見せた。

そこには、ソト＝ティグ・イアンの勝利とテラナーを絶滅に導いた出来ごとが、細部にわたって記録されていた。さらにネーサンの詳細情報がつづいた。

「そのままつづけて」ノックスは中断したがるエンザをさえぎり、画面に向かって身を乗り出した。

〈なぜネーサンは連絡してこないのか？〉と、ノックスは読みあげた。〈ネーサンとはだれだ？　誤報だ、注意せよ、誤報だ。ネーサンは存在しない！〉

エンザとノックスはぴったりより添った。肩が触れあい、手をとりあう。

シントロニクスは伝送をつづけた。

〈十月、何世紀のあいだネーサンは沈黙しているのか？　注意：連絡員はもう姿をあらわさない。連絡員とはなんだ？　質問：ネーサンの連絡員は存在するのか？　四四八年以後、なにが起きたのか？〉

エンザは有無《うむ》をいわさずスキャンを中断し、装置からクリスタルをとりはずした。急いで特殊ラボへ行くと、記憶クリスタルのからの容器をぜんぶ持って帰ってきた。センサー・コマンドで装置をシントロニクス結合体と連結し、どの記憶装置にどの情報を送るべきかを割りあてた。そのプロセスに約五分かかった。その間にも、ほかの科学者たちは猛然と装置類でターミナルをかこんだ。ノックスはエンザの発見の重要性を簡潔に説明した。

「どうしてエンザはわたしたちに黙っていたんです？」アンソア・リスという名のアンティがたずねた。

「エンザがどういう人かわかっているだろう」ノックスはなだめるようにいった。

エンザはノックスにパンチを食らわせ、

「これはわたしひとりの仕事なのよ」と、念を押した。「さあ、いつまでもそんなところに立っていないで。こっちはやることがあるのよ！」

すか？」

「どこへ行くんです？」ベアゾット＝ポールは、飛翔器でノックスの手から逃れ、スキャナーのうしろにあるコンソールにかくれようとしていた。「わたしも連れていくんですか？」

「あなたならひとりで行けるでしょう」

エンザはもうハッチから出るところで、ノックスも急いで追いかけた。

*

第三格納庫とホールの仕切り壁にはロボットが照明ユニットを追加でとりつけ、さらに後壁には安定装置と補強材が施してあった。そこにできたくぼみに、科学者とエンジニアがハミラー・チューブをはめこんだ。まるで最初から専用の設置場所がつくられていたかのようだ。科学者たちがここへ集まってきたとき、幅八メートル、高さ四メートルの銀色の箱には数十個の発光体が点滅していた。

「エンザ、ノックス！」ミルナ・メティアがふたりのシナジー・ペアのそばへ駆けよってきた。「ハミラーのようすがおかしいの。ネーサンを探している！」

あっけにとられている百歳の女性に見つめられ、ふたりは顔を見合わせてにやりと笑った。

「わたしたちは驚いてないわ」そう答えたエンザは、もうノックスと肩を組んでいた。

「ハミラーにはネーサンのことしか頭にないようね」

彼女はその場にいた全員を呼びよせると、判明したことをもう一度報告した。それが終わると、エンザは箱のほうに歩みよった。

「こんばんは、エンザ・マンスール」と、チューブが挨拶した。「お元気ですか、マダム？」

「最悪よ、ハミラー。とてもぐあいが悪いの。あなたが大々的な故障に苦しんでいるとわかってからね。あなた、ネーサンを探しているんでしょう？」

「わたしはネーサンを探してなどいませんし、故障に苦しんでもいません。ネーサンは、わたしにはどうでもいいことですよ、マダム！」

「そこがおかしいのよ、ハミラー。自分の挙動が完全に非論理的だってこと、わからない？　ネーサンはルナにあるし、銀河系には行けないの。なぜネーサンの所在について質問するようになったの？　どうしてネーサンはあなたに連絡しないといけないの？」

「銀河系はサヤアロン、〝はるかなる星雲〟です。そこは呪われた者たちの故郷です。サヤアロンに行く者は消えてなくなります。霧が飲みこんで殺すのです。銀河系に入ってはなりません。近づかないで！」チューブはその場にいた者の耳が痛くなるほどの音量で金切り声をあげた。ベアゾット＝ポールは自分のエネルギー・シールドにかくれて出口に近いところに移動した。

科学者たちは失望と無力感の入り混じった表情で顔を見合わせた。ここ数週間、ハミラーはかなり理性的に話していたが、サヤアロンの話になったとたん、かれの進化は明らかに逆もどりした。正直なところ、瓦礫《がれき》の墓場から救い出した数週間前から一歩も進んでいないことを、認めざるをえなかった。

エンザ・マンスールは手元の容器に手を入れた。そしてクリスタルのひとつをとりだし、銀色の壁へ進んだ。

「手順は知っているでしょう。これはNGZ四四八年のカタストロフィより前の知識よ。この知識があなたの役にたつかもしれない」

エンザはチューブが開けた開口部にクリスタルを入れた。

「すぐにのこりを追加してください」と、ハミラーが要求した。「そうすれば処理が短縮できます」

エンザはいわれたとおりにし、開口部が閉じるのを見ていた。

「ハミラー、ペイン・ハミラー、聞こえる？」

「はい聞こえます、マダム！」

「こんどはクリスタルのデータを改竄しないで。わかった？」

「覚えていません……」

「そんなことはどうでもいいの」エンザはチューブに向かって叫んだ。「わたしが命じたことをしなさい！」

「承知しました。ただし、質問があります。ヘクサメロンはどうなったのですか？　記憶装置のデータにはその情報はありません。現在のタルカン宇宙の状況はどうなっているのでしょう？　支配者ヘプタメルの情報はありますか？」

「いいえ、ハミラー。それについてはなにもわからないのよ。それを知ってどうしたいの？」

「いったい、タルカン宇宙に遠征してどんな意味があったのかと、疑問に思うのです。タルカンにミスタ・ローダンが長期滞在した目的はなんだったのでしょう？　それに、なぜ巨大カタストロフィを防げなかったのか、あるいはその影響を軽くできなかったのか？」

「ちょっと待ってくれ、ハミラー！」

ノックス・カントルはシナジー・パートナーに歩みより、その耳もとになにかささやいた。エンザは大きく目を見開いてかれを見つめ、突然顔を輝かせた。

「あなたの質問に答えはないのよ、ハミラー。自分で答えを出せるでしょう。まずはアンブッシュ・サトーに相談しましょう。原因は情報メモリーの超現実よ。わたしたち、理解し合えるといいのだけれど」

これに対して、ハミラーは黙っていた。エンザは開いた開口部からクリスタル・メモリーをとりだして容器にもどすと、そこにいる人たちにうなずいて合図した。

「質問と答えのゲームをつづけてちょうだい。それと、ハミラーのエネルギー性活動中にもう一度スキャンを実行して。わたしたちはほかにやることがあるの！」

エンザはシガ星人が容器のなかにいて、それを自分がラボに運び入れたことに気づかなかった。彼女がまず向かったのはスキャナーだった。

「絶対そうにちがいない」と、エンザは自分にいい聞かせた。「ハミラーはまたしてもデータを改竄したのよ」

「ハミラーに悪意があるとでも？」

エンザはさっと振り向いた。その目は光っている。

「ノックス、あなたって本当にばかね！　もっとやっかいなことよ！」

それから、自分の疑念について話し出した。

＊

ふたりのシナジー・ペアが《シマロン》の司令室に入ってきたとき、ペリー・ローダンは寝不足でひどく疲れた顔をしていた。船の機能を制御して監視するこの空間は、無味乾燥な調度にもかかわらずアットホームな印象をあたえている。そのかたちは長さ十五メートル、幅十メートルの楕円形だ。壁にそって制御スペシャリストの作業ステーションがならんでいる。司令コンソールは部屋中央にあるポデストの上にあった。ほとんどのステーションに人影はなく、レジナルド・ブルや首席操縦士のイアン・ロングウィンの姿はどこにもなかった。

足音を聞いて振り向くと、ローダンはふたりの顔を探るように見つめた。

「エンザ、ノックス、よい知らせではないんだな。そうだろう？」

ふたりはうなずいた。

「最初はハミラーの挙動が順調に改善すると期待していました」と、ノックス。「《バジス》を自力で組み立てられると何度も断言するようになって、われわれは楽観していたんです。サトーにいたっては、超現実を使ってハミラーの問題を解決するという計画を断念しました。でもいまはまったくようすがちがいます。ハミラーは《シマロン》の指揮権を握ろうとしているんです。しかもメモリーの内容を改竄するという秘密の手段で。シントロニクス結合体で使用しているコードもすでに解読しているにちがいありません。ハミラーがシントロン・システムのプログラムコードをふくむデータを作成するのは時間の問題でしょう。たりないのは、通信ブリッジのような、船の全システムに偽のデータを送りこむための転送手段だけです。ですから、ホール周囲のパラトロン・システムを再稼働させて常時維持する必要があります」

「自分が《バジス》から長期間はなされていることを、ハミラーは理解していません」

と、エンザ・マンスールが補足した。「ハミラーは船長を、自分が《バジス》船長に指名した人物を、探してつづけています。ハロルド・ナイマンが自分のところへきて、そばにいてほしいようです」

ローダンの表情が暗くなった。シートにすわりこんで両手でほおづえをついた。

「ナイマンは《カシオペア》の格納庫チーフとして忙しい。ハミラーのようにおかしくなったシントロニクスの世話を焼いているひまはない。われわれでなにか考えなければ。さしあたり《シマロン》はここにいてもらわなければならない。ハミラーをとりはずし、伝令船で《モノセロス》に送るというのはどうだろう」

エンザとノックスは、科学者チーム全員を同行させることを条件に同意した。この種の引っ越しは、《シマロン》を瓦礫の墓場に派遣するよりずっと複雑だ。

「その必要はないでしょう」背後から快活な声がした。いっせいに振り向くと、アンブッシュ・サトーが反重力シャフトの出口に立っていた。

「すべてはよい方向に向かいます。ここでうまくいかなくても、べつの現実世界で！」

細いからだにまるい頭、金糸で刺繍が施された黒い絹のキモノを着たサトーだった。若いころに護身術を身につけ、そのときに〝気〟と、いうものを発見した。それは、かれの考えではからだと精神を統一する不可解な力で、横隔膜付近のどこかにあり、すべての存在の本質をあらわすのだという。〝気〟の実験中に、サトーは最初の超現実を体験した。かれはここでもたゆまず修練を重ね、自分自身だけでなくほかの生物も並行現実に移動させる能力を身につけた。その技能を何年もかけて発展させ、超現実学という名の学問を確立した。並行現実は超現実とも呼ばれ、通常の現実からストレンジネス量子跳躍一回分はなれたところにある。現実の傾斜を測定する装置を開発し、それを使って通常の現実を短期間で超現実に変える装置を所有している。〝気〟と、装置の力の両方を使用することで、サトーは正真正銘の超現実専門家となった。テラナーでこの能力をそなえているのは自分だけだと、サトーが自負してもおかしくない。

アンブッシュ・サトーは場をわきまえず、身のほどを忘れて不必要な発言をしたようだ。

「いったいなにがいいたいんだ?」と、ローダンがたずねた。

「ハミラーは《バジス》の船長を必要としています」と、サトー。それはいまにはじまったことではない。だがそれにつづく言葉が、かれらを陰気な考えから引きはなし、ハミラーの錯乱がいかに複雑で予測不可能であるか、はっきりしめした。

アンブッシュ・サトーはほほえみ、両手を胸の前で組んだ。

「ハミラーはまたしても、覚醒が一段階進みました。かれが探しているのはハロルド・ナイマンではありません。ウェイロン・ジャヴィアです!」

2

　アンブッシュ・サトーは自室に引っこんだ。ハミラーがウェイロン・ジャヴィアを要求してから、チームはまったく前へ進んでいなかった。くる日もくる日も無為に時間が過ぎていった。ハミラーがパラトロン・システムの存在に反応して沈黙を守っているのは明らかだった。

　超現実学者は床にあぐらをかいていた。キモノを脱いで、袖に手をかくせる簡素な部屋着を着ていた。サトーは上半身をやや前傾させたかと思うと前後に揺れだした。目を閉じ、口をわずかに開く。サトーは冥想しながら、ただチューブの問題に考えをめぐらせていた。かれはハミラーが《バジス》のセグメントで発見されたときのことを思い返した。あれ以来、ハミラーと《バジス》の状態について一連の疑問が投げかけられたが、そのほとんどは答えられていない。ハミラー・チューブが説明できないかぎり、答えが出せるはずもない。

　分散化した原因はなんだったのか？　それ以後、どうして人間以外がすべて自動的に敵と分類されるようになったのか？　ハミラーの統合失調状態はだれの責任なのか？

アンブッシュ・サトーはハミラーの問題の兆候について細かいところまですべて思い出していた。まず、チューブは分散化する以前の過去についてなんの情報も持っていなかった。ギャラクティカムのことも《アウリガ》のことも知らなかった。また、《バジス》を再建するよう要求していたが、自分自身はそれを行なえる状態ではないことを自覚していた。ペリー・ローダンのことも、関係するだれのこともおぼえていなかった。その一方でハミラーは、自分の記憶喪失が部分的なもので、何世紀にもわたって重要な情報を保護する役割をはたしてきたことをしめす基本設計図や構造データを提示した。この時点で超現実学者は、ハミラーの錯乱を治療して記憶喪失を完全にとりのぞき、統合失調状態を矯正できるのではという期待をいだいており、その仮説は証明された。ハミラーのメモリー内には、ハミラーは認識していないがフォリオ印刷にはあらわれるものがあった。たとえば三五八六年という年だ。シントロニクスには、自分が正しく機能していないことを光学観測システムで確認するのは困難なようだ。その上ハミラーは、《シマロン》への移動をローダンの悪意と感じて不満を抱いていた。のこされた価値あるデータを断片的とはいえ人類のために保存し、サショイ帝国のカルタン人などによる不正アクセスから守るには、そうするしかなかったのだが。

サトーの最初の功績は、四二四年十二月十七日から自分が存在していたと、ハミラーに信じこませたことだった。ハミラーがその日付を受け入れたことで、過去の細かいことをいろいろと思い出したのかもしれない。だが、それが原因でハミラーははげしく混乱し、ブガクリスの『ログ』のことを事実だと認めなかった。そのころサトーは攻勢に転じ、《バジス》の分散化によって一万二千人の乗員から故郷を奪い、命の危険にさらしたのはハミラーだと非難していた。サトーはハミラーに抑圧コンプレックスについて語り、ハミラーの中心には天才科学者ペイン・ハミラーの脳が眠っているかもしれないという古い秘密までかつぎ出した。ハミラーはそれを聞いて大騒ぎし、そのあとすぐにあることを口ばしった。それを聞いたアンブッシュ・サトーは無関心をよそおったが、心中はおだやかではなかった。

ハミラーはこういったのだ。「《バジス》のような船は、あらゆる人間的な事情をこえる理由がある場合にのみ、はじめて分散化が可能です。《バジス》自体の存在、ひいてはわたしの存在に関しても。でも、わたしの知らない過去にそんな事件が起きたと信じさせようとするなんて、笑えますね！」

最後の文をアンブッシュ・サトーは些末《さまつ》なことだと聞き捨てた。けれどもその前のふたつの文をかれは正確に頭に刻みこんだ。自分がなにをいっているのか、ハミラーが理解していないのは明らかだった。なぜなら、《バジス》がかつて完全なかたちで存在していたという意識は持っているからだ。最初サトーは、以前はだれが《バジス》の船長であったかという情報も、銀色の箱のどこかに眠っていると確信していた。

サトーとそのチームが言葉の砲火をあびせると、ハミラーは反撃した。《シマロン》の指揮権を要求したうえに、自分とシントロニクス結合体を接続するようロボットを操作した。サトーは急いでエネルギー・シールドでホールをかこみ、ハミラーが通信インパルスを送って操作できないようにした。自分の策略で船を危険にさらしたのに、ハミラーはそれを申しわけなく思っていた。そして過去の情報をもうひとつしめした。それはアフィリーの時代にテラで一時的に不調になったブリーの細胞活性装置に関することだった。ほかの事例と同様、ハミラーは発言してはすぐにそのことを忘れてしまうので、アンブッシュ・サトーは〝盲目の因子〟という概念を定義した。それがいま、かれの核心点のひとつとなっている。ハミラーは自分では認識していない、または呼び出すことのできない知識を持っていた。ブリーに関する発言などは最たるものだ。それは《バジス》やハミラーのかけらもないはるか過去のことだったからだ。

最初に思いがけない突破口を開いたのは、オルサ星系のベカッスだった。チューブは突然、自分はいつでも《バジス》を再建できる状態だといい出した。ハミラー自身が船を分散化したが、それは不可避だった。ハミラーはその理由を、乗員全員はもちろん、銀河系外のすべてのテラナーに脅威があったからだと説明した。ハミラーはそれ以上なにもいわなかったが、サトーはその情報がチューブのどこかに眠っているにちがいないと考えた。

会話や調査の過程で、超現実学者はほかにも疑念をいだいた。かれはそれまで、ハミラー内のバイオニック・コンポーネントを念頭に、記憶喪失しか想定していなかった。そのうち、この状態はハミラーが記憶装置内の知識を《バジス》のすべてのセグメントに少量ずつ分散化させた証《あか》しではないかと考えはじめた。そしてそれは、かつては乗員の故郷だった巨大な母船を、できるだけ早く再建すべきだと示唆《しさ》していた。とはいえ、この仮説と矛盾することもあった。ハミラーはメインセグメントだけを守りつづけてきた。それはいくつかの単独セグメントだけで構成されている。もしも人類に関する貴重な知識が危険にさらされていたなら、ハミラーは違う行動をとったのではなかろうか？

まだ答えが出ていない、答えられない問題もあった。どんな問題なのかさえ充分に把握されていないが、アンブッシュ・サトーは手はじめにハミラーを瓦礫の墓場にもどすことを考え、そのための準備をしようとした。

日本人を祖先に持つテラナーはゆっくりとトランス状態を解いた。上半身をまっすぐ起こし、揺動運動を中断した。黒い剛毛が生えたまるい頭がゆらゆらと揺れている。華奢《きゃしゃ》なからだとくらべて頭はずいぶん大きい。脚をからめるようにしてあぐらをかき、両腕を胸の前で組んで、からだを大きくうしろに反らせた。優雅に前へ揺れたと思うと立ちあがり、脚を伸ばして頭をうしろに倒した。岩のようにしずかに、絶対的な身体制御の象徴のようにそこに立っていた。微動だにせず、全身の筋肉繊維が緊張していた。小刻みに一定のリズムで呼吸しはじめると、腕をひろげて緊張を解いた。箸と皿が置かれたちいさなテーブルに目をやった。なにかちょっと食べるつもりだったが、食欲がない。

自分の思考に駆り立てられるように、用意してある水色のキモノを着ると、金のひもを腰に巻きつけ、つま先が反り返った窮屈なサンダルを履いた。キャビンをあとにすると、ハミラー・チューブに向かった。もういいかげんに、これだといえる解決の糸口をつけよう。そうかたく決意していた。

＊

ハミラーが冒頭から話す意志をしめしたのは奇蹟といってよいだろう。アンブッシュ・サトーをメロディアスな三和音で迎えた。

「こんにちは、サー！」ハミラーは合成音声が親しみやすい声に聞こえるようつとめた。

「お元気ですか？」

アンブッシュ・サトーは、折りたたみ椅子がいくつも立てかけられた壁に近よった。船の技術者が科学者チームのメンバー用につくらせた椅子だ。超現実学者は一脚手にとり、銀色の壁の前に運んだ。チューブから二メートルほどはなれた場所に置くと、そこへすわった。

「気分はよくなってきましたよ。気づかいありがとう、ペイン。きょうはどんな調子ですか？　ある問題について一般的な質問に答えることはできますか？」

「知るかぎりのことをお答えするのがわたしの仕事です、ミスタ・サトー」と、壁から声がした。ライトバーがいくつも点滅しはじめた。ハミラーの内部でさまざまなプロセスが処理されている印だ。

サトーは数秒間目を閉じ、

「ここにはクリスタルを持ってきていません」と、いった。ふたたび目を開けると、光信号の半分が消えていた。「それでもいいですか？」

「情報キャリアはわたしにとって生死をわける特効薬ではありません。あなたが必要と思うならべつですが」と、チューブが答えた。

「ないほうがいいでしょうね。では、それは無視して、あなたの基礎知識でわたしの質問に答えてほしい。ネーサンはどうですか？」

「その知識は持ち合わせていません」

「ネーサンとはだれですか、ハミラー？　知っていますか？」

「ネーサンはルナのハイパーインポトロニクスです。そんなこと、子供でも知っていますよ！」

「すくなくともテラの子供ならね！　テラはどんなようすでしょう？　まだそこに人類

は住んでいますか?」

ハミラーが黙っているので、サトーは同じ質問をくり返した。

「わたしの知るかぎり、そこにはまだ人類が住んでいます。ただし、これは古い情報です。巨大カタストロフィ後の情報ではありません!」

超現実学者は、改竄されたクリスタルのひとつから、ネーサンの存在を否定する情報を引用した。

「これはあなたがいった言葉ですよ、ハミラー」サトーはつづけた。「あなたはずっと嘘をついていた。ネーサンは存在しない。したがってテラ、ルナ、人類の存在も疑わしい。わたしが人類などいないといったら、あなたは同意するでしょうか?」

「ミスタ・サトー!」ハミラーは三倍か四倍の音量で叫んだ。「そのようなことをいうべきではありません! あらゆる論理に反しています!」

「なにをいうんですか、ハミラー。これは真実です! わかりますか? 真実なんですよ! 人類もいないしテラもない。だからネーサンも存在しない。あなたを瓦礫の墓場から連れてきた人たちはべつの宇宙からきた。人類はタルカン宇宙から逃げだしてきた。人類は滅びてしまったんですよ!」

アンブッシュ・サトーはかろうじて椅子にとどまった。ハミラーがジレンマにおちいっていることを、サトーは感づいていた。シントロニクスは、同意するか拒否するかしかない。いずれにせよハミラーは矛盾することをいうだろうし、ハミラーがどう答えようと、サトーは反論を用意していた。ハミラーをヒートアップさせる主張も準備していた。

ペイン・ハミラー、あるいはその箱のなかに存在するなにかは、サトーの策略に乗ってきた。ハミラーは大騒ぎしたり黙りこんだりはしなかったし、言いわけをでっちあげることもなかった。最初のひとことでサトーは、シントロニクスをいわば心理的に出し抜いて重要な駆け引きをはじめたと自負してもよかった。

「あなたのいうとおりです。そんなはずではありませんでした。サヤアロンは呪うべき星雲です。その知識はわたしのなかにしっかり刻まれています。ですが人類は、すでにみずからを守る方法や手段を過去に発見しているのではないでしょうか？　ネーサンはつねに、テラのすべての生命を守るための上位ユニットではなかったのでしょうか？　アフィリーを克服する〝成就の計画〟はなかったのでしょうか？　テラとルナは新時代を見つけるために永遠の道を進んだのではなかったのでしょうか？　人類がいてテラがあり、そしてネーサンも存在します。人類がタルカン宇宙から脱出したというあなたの説明はまちがっていますよ、ミスタ・サトー！　わたしはタルカン遠征隊の当初の目的を知っています！」

「ついに答えましたね、ハミラー、ついに。あなたがそういうのを何週間も待っていたんですよ。《アウリガ》はどうなりました？」

「Xドア宙域に無事到着し、報告を行ないました。でも新任務に就いてからは接触がありません」

「では話題を変えましょう。記憶クリスタルの一連の改竄の理由は？　なにが目的だったのです？」

「改竄の事実はありません！」ハミラーの声はさっきよりはるかに抑制されていた。サトーは確認できたすべての変更を数えあげた。

「われわれが気づかないと高をくくるほど、あなたは無知なのですか？」

チューブは答えなかった。

「なるほど、そうではないんですね。では最初からやりなおしましょう。《バジス》が分散化した理由はなんですか？　これまでのところ、あなたが提供してくれたのは漠然とした一般的な情報ばかり。わたしはもっと正確なところを知りたいのですよ。なぜネーサンからのメッセージを待っているのか？　それに、どうして連絡員は姿を見せない？　連絡員とはだれのことなのか？」

「そのことは知りません！」

「ペイン、わたしをだますことはできませんよ。クリスタルの文言を注意深く調べてみました。あなたは、それがかくされた情報だとわたしが認識するように作成した。つまりあなたはネーサンと接触した。ネーサンがあなたに連絡員を送ったんです。それはだれですか？」

「なにかがあったことは、そのとおりです。でもそれがなんだったのか、わたしは知りません。なんらかの任務に関係していたのかも知れません。ネーサンは連絡員を送ってきました。その日時はわかりません」

「それは巨大カタストロフィの直後ですか？」

「いいえ、違うと思います。連絡員は小型版ネーサンでした。そう呼んでいたのはネーサンだけです」

考えこむアンブッシュ・サトーの顔が緊張でゆがんだと思うと、突然笑みが浮かんだ。

「そういうことですか。その小型版はどんな外見でした？」

「ヴァリオ＝500がアンソン・アーガイリスのマスクでやってきました」

「ヴァリオ＝500があなたのところへきたのですね。《バジス》の船内に！」

「そのとおりです！」

「ハミラー、ヴァリオ＝500の連絡内容がどこかに保存されているはずです。もしあなたがそれを消去や改竄していなければ！」

「そのようなことは絶対しません！」

アンブッシュ・サトーは勢いよく立ちあがった。椅子をたたんで壁ぎわまで運び、そこへ立てかけると両手を腰にあてた。

「あなたにいうことがあります、ブリキの箱よ。わたしはあなたの罪を証明しました。〝故郷銀河はソト＝ティグ・イアンによって征服された！〟なぜこんな誤ったことを記録したのですか？　なぜあなたは必死で過去を変えようとする？」

「それは孤独のせい、そして、自分の不十分さを知っているせいです、ミスタ・サトー。それははっきり認識しています。パラトロン・システムは必要なのでしょうか？　わたしは船内外のあらゆる通信から切りはなされています。わたしは死んでいるも同然です。生き埋めですよ！」

「あるいはたんにスクラップにされたかですね、ハミラー。わたしが事実の半分しかいっていないとは思わないでしょう！」

「わたしには理解できません！」

アンブッシュ・サトーは腕を組み、半分閉じた目で壁を凝視していた。

「改竄についてあなたが語ったことは、事実の半分でしかないのですよ、ハミラー。あなたは非常によく理解している。パラトロン・シールドは、あなたとわれわれを守っている。船内にはあなたを解体してもよりの恒星に捨てようという動きがあることは知っていますね。じつはわたしもだんだんそれがいいんじゃないかと思いはじめているんです。ただし、べつの選択肢もあります」

サトーは完全に出口に向きなおり、ハッチを開けた。そしてホールから通廊へと足を踏み出した。

「わかりました。その選択肢とは、わたしが《バジス》にもどることですね！」

「そうです。もしあなたが協力を惜しまないなら」

ハッチが閉まり、アンブッシュ・サトーはハミラーの返事も聞かずに急いで立ち去った。その背後で、パラトロン・シールドの構造亀裂がふたたび閉じられた。

＊

エンザ・マンスールは冷淡で非常に打ち解けにくい人だと、かつてはだれもが思っていた。この女性の心を開こうとみなが努力したが徒労に終わった。いつもよそよそしかったが、自分の友人たちには情に厚く開放的にふるまった。だれに対しても内気であったために、彼女にそんな能力があるなんて、だれひとり思いもしなかった。〝シナジー〟という言葉をいくらかでも理解している者だけが、彼女の内面に本当はなにがあるのか感づいた。

仕事をしているときのエンザは疲れを知らない。その日、彼女はすでに第二シフトに入っていた。アンソア・リスと心理サイバネティック評価部門の同僚が交代でやってきては、ラボを横切って彼女のほうを盗み見していた。エンザがチームを一歩前進させるような新発見をするのではと、物見高く待っていたのだろうが、むだだった。エンザはこの数時間、クリスタルのスキャンで明らかになった相違点のすべてについて三度めの確認をさせていたが、新しい情報は出なかった。ハミラーは広範囲にわたって明白な改竄を行なっており、チューブの根拠づけは真実の半分にすぎないというアンブッシュ・サトーとエンザは同意見だった。エンザは真実に近づこうとあらゆる知識と想像力を駆使したが、うまくいかなかった。ハミラーが目標を達成する可能性のあるいくつかの方法に気づいたものの、その目標そのものがなんなのかわからない。ハミラーはやはり指揮権を狙っているのだと考えておくべきだ。だがハミラーはパラトロン・シールドを突破できない。以前のようにプログラム・コマンドを送ってロボットを操作することはできないのだ。ただひとつ方法があるとすれば、それはキャリア媒体だった。生物をキャリア媒体にするのは論外だが、物体なら……

エンザは自分が気づいたことの重大さにからだがこわばった。

記憶機能や保存機能のある物体。まちがいない！

シナジー・ペアのかたわれは大急ぎでテレカムを起動し、ノックス・カントルにつないだ。かれは食堂にいて、口いっぱいに食べ物を頬張っているところだった。

「いますぐ手伝ってほしいの」エンザはせっついた。「できる？　できない？」

「もちろんできるよ。説明して！」

「容量いっぱいまで記録されていても、記憶クリスタルには未使用の剰余物が大量にある。その物質はどういう構造をしているの？」

ノックス・カントルは額にしわをよせながら、頭に浮かんだホワルゴニウム化合物の化学構造を棒読みにぺらぺら唱えた。その目は光っている。

「ひょっとして分子的不調和のことを考えているのか？」ノックスは早口で訊いた。

「分子的不調和には妨害フィールドがあって、付随現象として異常なエネルギー浪費があるわ。いいえ、それではないと思う」

「この不調和は操作可能だ。ハイパービーム領域の低周波パルスフィールドにおける算術的に表現可能な不調和をおぼえているかい？」

「内部エネルギーバランスによる廃棄物でしょう。知っているわ」そういうとエンザは考えこんだ。「もしあなたが、その前提条件で生じる周波数のことを考えているなら、わたしは……」

ノックスが早口にまくしたてた。エンザの目がだんだん大きくなっていき、しまいに手で合図をしてノックスをさえぎった。

「充分よ。あなたって本当にいらいらする。食事がすみしだいこっちにきて。クリスタル外被をスキャンするのよ！」

「クリスタルはそのまま、つまり冷蔵庫に入れておくのが最善策だ。待ってろ、すぐ行くから!」

エンザは通話を切り、冷蔵庫に直行した。扉を開けてクリスタルと容器をとりだした。スキャナーの前にあるテーブルに置くと、放心したようにクリスタルを見つめた。

本当に有力な手がかりなのだろうか?

アンソア・リスのまわりにいる科学者は、いまのところこっちを直接見ないようにしていた。背後ではシリンダー型の掃除ロボットが数台、触手と掃除機であちこち掃除している。反重力フィールド上を前進し、マイクロダストを吸いこんでいた。とくに記憶クリスタル付近ではその種のダストは厳禁だからだ。浮遊機械はエネルギー・フィールドを損なわないようスキャナーから充分はなれて周回していた。エンザのコンソールにあるインジケーターでもそれは確認できた。

エンザ・マンスールは最初のクリスタルを装置の下に置き、再分析用にプログラミングした。クリスタルの固有放射を観察し、振動を記録した。シントロニクスが持っている標準値と比較したが、差異はない。

スキャナーが光信号でしめしたナノ秒単位のインパルスをあやうく見逃すところだった。それはクリスタルのどこからか発せられて、すぐに消えた。そしてスキャナーの外の虚空に消え去った。

「アンソア!」と、エンザが呼んだ。「ここへきて、すぐに!」このとき彼女はだれかに見られているという不安は感じなかった。

アンティは応じなかった。数秒後、エンザがちらりと目をやると、アンソア・リスの目が大きく開き、同僚が警戒の叫び声をあげた。

「気をつけろ、エンザ。うしろだ！」

その声で危険を察知したエンザは、まわりを見まわすまもなく横へ身を投げ出した。目の端で、スキャナーが強い妨害フィールドの存在をしめしていることに気づいた。なにかが彼女の横で床に衝突した。わきへ転がると、掃除ロボットの触手が見えた。背後から近づいて襲いかかってきたのだ。

エンザ・マンスールは身をよじって反対側へ転がった。ロボットの反重力クッションの下に入ってそのままじっとしていた。機械の手がとどかない場所だ。

「どうにかして！」声のかぎりに叫んだ。

ロボットは彼女には目もくれない。二本の触手でテーブルをたたき、箱を殴打した。その振動でスキャン中のクリスタルが装置から脱落し、テーブルの上に転がった。

「RR－747－ベータ2！　ただちに停止せよ！」

エンザは機械の裏側にあるコードを読みあげたのだ。だがロボットはそれに反応しなかった。触手は落ちたクリスタルをはげしく打ち、貴重な物体を粉々にした。

エンザは立ちあがって両手でからだを支えると、テーブルに身を投げ出した。左手でのこりのクリスタルの容器をつかんだ。

「伏せろ!」アンソア・リスが叫んだ。

その悲鳴にブラスターの音が混じる。光弾がロボットの制御中枢がある上半身に命中した。ヒュッという音がしてロボットは沈むように倒れた。エンザは冷静沈着にシリンダーのそばからはなれ、よろよろと立ちあがってテーブルに手を伸ばした。頭から前のめりに飛びのくと、そのうしろでロボットが音を立てて床に倒れこんだ。触手はだらりと垂れさがり、戦闘能力を失っていた。

大きくてものいいたげな瞳がエンザの上にあらわれた。ノックスが彼女の上にかがみこんで引っぱりあげ、そのからだを支えた。

「大丈夫かい? ケガはないか?」

エンザは黙って首を振った。

それから機械を指さした。

「だからクリスタルは冷蔵庫に入れておけっていっただろう。いわんこっちゃない! いやな予感がしたんだ。それで飛んできたんだよ!」

エンザの息づかいは荒かった。まっすぐ背筋を伸ばし、アンティに手で合図した。アンソア・リスは銃をしまうとにやりと笑った。科学者たちがみんなよってきてふたりをとりかこんだ。

エンザの視線はほかのロボットに注《そそ》がれた。どれも動かずに立っている。シントロニクスの監視機能が間髪《かんはつ》をいれずスイッチを切っていたのだ。未知のインパルスに操られた一台だけが制御不能だった。

ノックスは自動的に起動したテレカムのところへエンザを連れていった。レジナルド・ブルの心配そうな顔がスクリーンにうつしだされた。

「なんてことだ！　なにが起こったんだ？」

「ハミラーの仕業です。あらゆる手段を使って、自分の思うとおりにしようとしています。でもわたしたちを見くびっていたわ！」エンザが説明した。

「まあいいだろう」ブリーがつぶやいた。「なにをすべきかわかっているはずだ。この件について知らないようなら、サトーにはわたしから伝えておく」

ブリーが通信を切ると、エンザはのこりのクリスタルが入った容器のほうに向きなおった。もしも同じようなパルスがふくまれているのなら、注意が必要だ。突然、エンザがノックスやほかの科学者たちのほうを向いた。

「この役たたず！　ぼーっと立っている場合？　クリスタルを読むのを手伝って！」

「本気ですか？」と、アンソア・リスが訊いた。

エンザは力強くうなずいた。

「データを削除してクリスタルのエネルギーを枯渇させるのよ。そうすれば、もうかくされたインパルスを発信できないはず。もう一度チャージ可能になるには確実に二、三日かかるけど、たいして困らない。船内にはほかにもクリスタルがあるし、知識が失われることはないわ！」

＊

サトー・チームは船首にあるちいさな会議室に集まっていた。サトーは至急ミーティングが必要だと考えたのだ。これまでの出来ごとの詳細にくわえ、かれらの心を占めているのはとくにラボでの現象だった。この会議には船の司令部メンバーも参加した。

「ハミラーはますます危険な存在になりつつある」《シマロン》の指揮官であるレジナルド・ブルが最初に話し出した。「チューブを破壊するという当初の思いつきは、考えれば考えるほどよい策に思えてくるな」

アンブッシュ・サトーは首を左右に振った。両手をひろげ、ずんぐりしたテラナーを非難するように指さした。

「人類を滅ぼす気ですか。いろんな出来ごとがあったとはいえ、ハミラーは回復しています。思い出す量もだんだん増えてきているんです。人類と長時間いっしょにいることが功を奏したのかもしれません。それでいいんです。ハミラーはふたつの目標を一度に達成したいのだと思います。ひとつめは正真正銘の自己再生を進めること、ふたつめは船の権力を握ることです。ハミラーがなぜそうしたいのか、その理由はいうまでもないでしょう。しかし、わたしは、ハミラーが過去の出来ごとを詳細に思い出せば思い出すほど、錯乱発作の危険性が増していくとも感じています。ここは慎重に解決策を探さなければなりません。すべての記憶をとりもどしたとしても、ハミラーのシントロニクス意識が完全に制御不能になってしまってはもとも子もありません」

「本当にたんなるシントロニクス意識なのだろうか？」と、ブリー。「それはなんとしても突きとめなければ！」

その質問に答えられる者はだれもいなかった。全員の視線が、それまでうしろで黙っていた男に向けられた。ペリー・ローダンが口を開いた。

「まあいいだろう。先手を打とう。ハミラーが行きたい場所に連れもどしてやるんだ。カンタロのダアルショルはここフェニックスで厳重に拘留されている。銀河系船団の船はすでに一部がここに到着している。ダオ・リン＝ヘイは《ナルガ・サント》とその住人を助けるために出発した。われわれが不在のあいだ、すべて面倒を見てくれる良き友たちがここにいる。《シマロン》はエスコート船とともに瓦礫の墓場に向かう。そうなれば、ハミラーも本心を明らかにするしかないだろう！」

「われわれはチューブに〝総攻撃〟をかけましょう」と、ノックス・カントルがつけくわえた。「航行中にすべての準備を終えます！」

3

《シマロン》は瓦礫エリアのポイント・ゼロ付近にあった。《バジス》のパーツの群れの発見時とくらべると、瓦礫エリアは様変わりしていた。銀河系船団の到着後数カ月のあいだに、墓場を構成する十万以上のパーツが引力でたがいに引きつけ合って縮んでいたのだ。形状はほぼ円形で、瓦礫の主要層の上へ向かって厚みを増している。その直径はおよそ五百キロメートルあった。《バジス》のパーツと異人船の残骸がもっとも厚く積み重なった場所でも、厚さは十五キロメートルほどだ。エリア内重力の機械的中心はポイント・ゼロと呼ばれていた。そこには今後数年以内にすべての構成要素が集まってくるだろう。もし本当に《バジス》を再建するのであれば、それより前でなければならない。そうしないと衝突や摩擦でパーツが大きく損傷し、事実上使用不能になってしまう。

そう考えると、消息不明の銀河系船団十四隻が五十年後でも百年後でもなくNGZ一一四三年にもどってきたのは僥倖《ぎょうこう》だった。

これは偶然だろうか？　ペリー・ローダンは、過去に何度も経験したような、見きわめがたい運命の糸にからめとられた結果ではなく、たんなる偶然であってほしいと願った。気づかれないように周囲を見まわし、呼びかけに応じて仲間が全員《シマロン》の司令室に入ってきたことを確認した。

《リブラ》と《シマロン》で構成される小船団は、《モノセロス》の乗員に歓迎された。瓦礫の墓場にのこされた監視船はある程度事態を把握しており、その乗員がここ数週間の出来ごととカラポン人の侵攻について報告していた。ハンガイ銀河のカルタン人の親類が《バジス》のパーツ内に入りこみ、いにしえのテラの旗艦を再構築しようとしていた。この試みがいずれ失敗に終わることは予測できたが、《モノセロス》の乗員たちは、作業していたカルタン人の専門知識に驚嘆していた。さらにカラポン人の技術は、ハンガイ銀河におけるカルタン人の後継帝国のなかでも、一般的なそれを上まわっていた。巨大カタストロフィと百年戦争のあと、かつてのカルタン人の大国から生まれた後継帝国は二十ほどあった。それらの国々は、より原始的な発展段階へ後退していた。それは技術的な衰退ではなく、自由、寛容、個人の権利といった精神的、倫理的な価値観の衰退を意味していた。

ペリー・ローダンが咳ばらいをし、《リブラ》の女船長でアフリカ系のイリアム・タムスンのほうを見た。ギンセン・カルトゥと同様、会議のために《シマロン》にきている。彼女はわずかにうなずくと口を開いた。

「約二百人のカルタン人が逃げました。かれらはパーツ内での戦闘とトリマランの破壊を生きのびました。瓦礫の墓場のなかでかれらを探すのは無意味でしょう。かれらが活動しはじめるまで待つしかありません。数艇の搭載艇を使えるとはいえ、ハンガイ銀河までは飛べません。どこかに居を定め、ふたたびわれわれをてこずらせようとするでしょう」

「そのとおり！」グッキーが人々のあいだを縫ってイリアムの隣りに立った。「それに、どうやってかれらを追跡できるか、ぼくも知ってるよ。君主にはいい作業療法になるはずさ！」

「まったくもう、君主は関係ないだろう」と、レジナルド・ブルが叱りつけた。「ハミラーの存在がまたあの段階に逆もどりしないよう祈るんだ」

「どうしてだい、でぶ？」イルトは光る一本牙《きば》を見せた。「ハミラーにロボットを使わせたら、テラナーと見た目が違うやつらをぜんぶ追いはらってくれるよ！」

その場の数人がにやにや笑った。ラランド・ミシュコムは言葉巧みにコメントしようとしたが、ペリー・ローダンのほうが早かった。

「それも悪くないアイデアだ。だがハミラーのためを思うなら、本来の問題から目をそらさないほうがいいと思うね。そうだろう、サトー？」

アンブッシュ・サトーは軽く会釈した。

「それこそがわたしのいいたかったことですよ、ペリー。わたしたちがここにきたのは、《バジス》を組み立てられるようにするためです。ハミラーにはそれができます。いまわれわれにはどんなミスも許されません。それに、時間をむだにすることも。再構築には数週間は必要です。したがって、ハミラー問題は早急に解決すべきです」

「だったら三隻ののこりの乗員は退屈だね！」グッキーは不満げに、サトーの科学者チームが二十人ほどしかいないことを皮肉った。

「そうでもないよ」ローダンはグッキーの肩をたたいた。「ちび、どうだい、ほかのことがしたくないか？」

「《モノセロス》と《リブラ》で、カラポン人を追跡するんだ！」と、ブリーの声がとどろいた。「きみたち全員が君主のロボットであることをここに宣言する！」

笑い声が沸き起こり、深刻な雰囲気がすこしやわらいだ。《モノセロス》が瓦礫エリアをくまなく探しまわり、捜索隊を派遣する一方で、《リブラ》は比較的《シマロン》の近くにとどまり、乗員が心置きなく問題児ハミラーに集中できるようにすると決まった。

すべてはハミラーしだいだ。ハミラーの助けがなければ《バジス》をもとどおりの姿にはもどせない。人類のベース、生命に満ちたちいさな惑星、自給自足システム、そしてテラや銀河系から遠くはなれた故郷の一部。《バジス》はシンボルだった。局部銀河群へ帰還してからはしばしばみずからを幽霊船団と呼んでいた銀河系船団の乗員にとって、それが十万個のパーツとなってしまったショックはあまりに大きく、再構築できれば癒《いや》しとなるだろう。

「シントロニクスの錯乱と戦うぞ！」グッキーは右こぶしを振りあげ、司令室からテレポーテーションした。

「常軌を逸しているな！」ブリーはひとりごちて、ローダンを見た。「考えてみれば、わたしがハミラーの立場だったら、そうするほかなかっただろう！」

「そうかな」イアン・ロングウィンが反論した。「あなたたなら、ヴァリオ＝500のような連絡員から、そんな命令を受けたでしょうか？　一万二千人の乗員を船からほうりだすような命令を？」

「悪くないじゃないか。これほどかんたんなことはないぞ！」

あきれたロングウィンを見て、ブリーは急に笑い出した。

「きみはグッキーとはちがう！」と、顔をほころばせた。「テレキネスでもない！　わたしの両脚を持ちあげるのは無理だ！　さあどうする……」

その瞬間、ブリーは息がとまりそうになった。足が床から宙に浮いたからだ。二メートルほどの高さに浮かんだままになった。その顔は紅潮している。

「いますぐおろせ、軽はずみにもほどがある！」と、怒って手足をばたつかせた。

ブリーのからだがストンと下へ落ち、床から数センチメートルのところでとまったと思うと無事着地した。あわてて振り向いたが、グッキーはいない。

「まあ焦《あせ》るな、まだ希望はあるさ」と、ブリー。

ロングウィンはゆっくり首を振った。

「わたしがテレキネシスの才能を授かった日のことを、恐怖とともに思い出すでしょうな」と、《シマロン》の操縦士はいった。「二度とわたしをばかにしないように！　さもないと、ハミラーといっしょに檻《おり》にぶちこみますよ、レジナルド・ブル！」

「そうなったら愚者の船は完璧になるんじゃない？」エイレーネが近づいてきてブリーの腕をつかんだ。「きて、見せたいものがあるの！」

エイレーネはブリーを反重力シャフトのほうへ引っ張っていったが、ブリーは催眠術にかかったようにすなおに連れていかれた。

その場にいた者たちは、驚いてそのティーンエイジャーを見つめた。ペリー・ローダンでさえ大きく目を見開き、その唇にかすかに笑みがうかんだ。かれのまなざしは誇らしげで、そんな表情はめったに見られるものではなかった。

＊

船載クロノメーターはNGZ一一四三年十一月一日をしめしていた。これはテラの通常時間と一致する。ハミラー・チューブはこの数日間放置されていた。銀の箱が全面的な協力を断固として拒絶したため、アンブッシュ・サトーがそう決めたのだ。ハミラーは《シマロン》が本当に瓦礫エリアに到着したのかたしかめなければならないという。だがサトーは、ホールのパラトロン・シールドにときおり生じる人間の背丈ほどの構造亀裂から、ハミラーがなにかを読みとれるようなインパルスを通さないよう気を配った。

ロボットと技術者は、船首にある倉庫や作業場から後方の格納庫エリアへ機材や重機を運びこみ、決められた計画にしたがって組み立てた。第三格納庫は完全にからになった。そこに収容されていた搭載艇や小型車輛は、べつの格納庫にうつされるか、《シマロン》の外殻に固定された。プログラムされた反重力プラットフォームが装置や各種プロジェクターを運んできたが、どれもどこか奇妙な印象をあたえた。バリアの設置や大型設備の制御に使われるような、通常のエネルギー・プロジェクターではなかったからだ。技術者のなかには、なかば不合理な、あるいは単純に非論理的な組み立て指示に懸念をしめす者もいたが、成功を保証する唯一の方法だとして、サトーは指示どおりに行動するよう全員に説いて聞かせた。

まだほかにもあった。避難計画の問題だ。警備担当の乗員数人をのぞく全員を《シマロン》から移動させて、すべての生物を短期間《リブラ》に送るという計画だ。

この作戦全体も秘密保持レベルは赤に分類され、船の司令部のただならぬ警戒ぶりがうかがわれた。ペリー・ローダンとブリーは交代でサトーを訪れ、作業の進捗状況を確認した。超現実学者は疲れ知らずで、三十時間ぶっ通しで作業員を見守った。だがその間、かれのチームのメンバーを見かけたものはひとりもいなかった。まるで全員が大地に飲みこまれたかのようだ。四十時間後、サトーはついに現場から姿を消したが、六時間後にはもどってきて最終接続とチェックを行なった。交代で働く技術者たちを帰らせたとき、かれらがサトーを満足させる仕事をやり遂げたことは、だれの目にも明らかだった。二日二晩が過ぎ、超現実学者がいうところの〝総攻撃〟は、開始準備がととのった。

だが、まだそのときはきていない。アンブッシュ・サトーは再度、こんどは二十時間にわたり現場をはなれた。その姿はどこにも見あたらず、かれのキャビンにあるテレカムも遮断されて常時不在を告げていた。

四日めの朝、とうとうサトーが姿をあらわした。かれが最初に姿を見せたのは下甲板の中央にある食堂で、じっくり時間をかけて朝食をとった。その後、小部屋でシナジー・ペアといるところを目撃されている。つづいてすべての設備を再度検査して満足すると、第三格納庫に仕切られたホールに通じるハッチに直行した。自動監視装置がかれを識別し、パラトロン・シールドに構造亀裂がつくられた。同時に開いたハッチをサトーが通り抜け、ハッチが閉じると同時にバリアがふさがるまで待った。

「おはようございます、サー!」ハミラーがあわてて挨拶した。「ここ数日、昼夜を問わず振動が発生していましたが、なにが起こっているのでしょうか?」

「どんな振動ですか?」サトーは自分の声が無邪気に聞こえるようにつとめた。「船内で兵器を運搬していたことかな? 新しい兵器システムが設置されたのですよ。司令部はそれを使ってカラポシ人から船を守ろうとしているんです」

「カラポ……とは?」

サトーは説明してやった。

「いいえ、それはちがいます」ハミラー・チューブは反論した。「そんなこと、信じませんよ。《シマロン》はフェニックスに着陸しているか、すくなくとも惑星付近にいます。だまそうとしてもむだですよ、ミスタ・サトー」

「そんなつもりはありませんよ。その反対です。わたしが真実を語っていることを、いずれ証明してあげましょう。なにを恐れているんです、ハミラー?」

「わたしは恐れてなどいません。すみません。けれども、わたしに対してなにかが進行中なのではないかと危惧しています!」

サトーは声をあげて笑った。実際ハミラーは不安だった。テラナーが脅迫を実行にうつして自分を恒星に投げ捨てるのではないかと恐れていた。そして、《バジス》を分散化した理由について話したとき、自分の存在がなによりも重要であることをすでにほのめかしていた。

「べつの話題にもどりましょう。ブガクリスの『ログ』には非常に重要な情報がふくまれていることを知っていますね。あなたのメモリーにあるはずだが、これまでその受け入れを拒んできましたね、ハミラー。もう説明をもとめるのはやめて、いいかげんに『ログ』を事実として認めなさい！」

「それは不可能です！」

「『ログ』には、きみが引き起こしたこと、つまり《バジス》が個別のパーツに分解されたこと以上のことは記されていない。きみはそのような処置を行なうことになった理由を話してくれたじゃないですか。そのことは忘れたのですか？」

「いいえ！」

答えは予想がついた。いうまでもなく、ハミラー・チューブほどの巨大シントロン・システムで、なにかが失われるなどあり得ない。なにかを忘れることも不可能だろう。しかし、まさしくそれが、過去のある時点で起こってしまったのだ。

「ネーサンになにがあったんですか？」

「なにも、まったくなにも起こりませんでした。矛盾しているように見えるかもしれませんが。わたしの答えにはある種の統合失調的症状があることは自覚しています。けれどもそれには理由があるのです。でもわたしは、理由をあげられる状態にはありません」

超現実学者はそれ以上追及しなかった。

「連絡員はどうしました？　どんなメッセージを受けとったんですか？」サトーは知りたがった。

「防護措置はきわめて重要です。どんな防護もいつかは必要になる。でもそれがネーサンとなんの関係があるんです？　ネーサンはヴァリオ＝500を送ってよこしました。あれは巨大カタストロフィのあとのことでしたよね？　アンソン・アーガイリスは《バジス》が正常な状態にあることを確認しにきただけです」

「かれから依頼や指令はなかったのですか？」

「はい、ありません！」

「では、アーガイリスは《バジス》が分散化されたときはまだ船内にのこっていたのですか？」

「いいえ。短時間しか乗船していなかったので、アーガイリスがいたことを知る乗員はひとりもいませんでした！」

サトーはかくされた矛盾をはっきり見抜いていた。個々の情報の論理的なつながりが乱れているようで、それはサトーにとって、いわゆる〝盲目の因子〟とならぶ最大の未解決問題だった。

サトーはキモノの下の、胸につけたちいさな箱をつかんだ。これは信号発生器で、バリア機能をオン・オフできる。

「きみに二十秒あげましょう。それだけあれば、自分の位置を知るのに充分な情報を通信で受けとれるはず。それが終わったら、改竄された記憶クリスタルを使ってきみが船の指揮権を手に入れなければならない理由などないことを、理解してくれるといいんですが！」

サトーは信号発生器を操作して心のなかでカウントした。正確に二十秒後、かれはパラトロン・システムをふたたびオンにした。

「どうですか？」サトーがそっとささやいた。

ホールは静寂をたもったままで、いくつかの光が銀色の壁で点滅しているだけだ。壁にはめこまれた大型スクリーンが明滅した。映像が生じる前触れだ。だがその後、スクリーンは暗くなった。

「二歩さがってください！」チューブの声が響きわたる。

サトーはその指示にしたがった。

目の前で空気がかすかに光った。目の高さでなにかが生じている。サトーはすこしだけ目を閉じた。かれはそれを予想していなかった。ハミラーが光学的に表現できるのはスクリーンだけだと誤解していたのだ。

　空中にホログラムがあらわれた。持ちあげた両手がうつしだされ、その指は軽くひろげられている。アンブッシュ・サトーはホログラムのまわりを一周し、かすかに青味をおびて輝きにつつまれた指を観察した。

　それは〝キルリアンの手〟だった。《バジス》のかつての船長ウェイロン・ジャヴィアの手だ。

　アンブッシュ・サトーはうなずいた。

「それでいい、ハミラー。では訊きますが、ジャヴィアはヴァリオ＝500がきたことを知っていましたか？」

「いいえ。アーガイリスはネーサンの密命を帯びてやってきました。そしてある命令をとどけました」

「きみにだけ出された命令ですね！」

「はいそうです！」

「《バジス》の分散化命令か！」

「そのとおりです！」

　アンブッシュ・サトーのからだが伸びたのがわかった。超現実学者は何センチメートルか成長したようだ。

「ありがとう、ハミラー。くわしくはまたあとで話しましょう」

「ありがとうございます」

＊

ハミラー・チューブは、ブガクリスの『ログ』を受け入れる準備がようやくととのったと告げた。つまり、統合失調状態だと自覚し、その状態から身を守れるようになったことを意味していた。記憶クリスタルを使い、みずからを正しい軌道に乗せることで、ハミラーはそれを実現した。

どれほど大変な道のりだっただろう！

アンブッシュ・サトーは、チューブが『ログ』の受け入れにどう反応するのか見守った。かれとシナジー・ペアをのぞけば、ホールにいたのは実験を見守る三人の科学者だけだった。

「そうだと思っていました」クリスタルの知識をとりこむのに要した数秒後、ハミラーは気づいた。「わたしのメモリーにのこっている当時の断片はすべて偽りです。タルカンという宇宙はまったく存在しないし、そこへ遠征隊が送られたこともない。メエコラーにあるハンガイ銀河はほかの宇宙からきたのではありません。したがって、みなさんがこれに関して発言した内容もまちがっています」

「それはたしかですか?」アンブッシュ・サトーはおちついて訊いた。かれはエンザやノックスと協力し、クリスタルに事実と虚構をバランスよく混ぜて、ハミラーにあたえたのだった。かれは、ハミラーに自分のまちがいを認めさせ、それを正そうとさせるだけではだめだということを知っていた。チューブの態度は受け身で、超現実学者はそれを変えるためなら手段を選ばないと考えた。ハミラーが自分でなんとかしなければ、統合失調症と〝盲目の因子〟を完全に除去することはできない。そうでなければ中途半端《はんぱ》なままだ。その判断はサイバネティカーが得た測定結果で確認された。

「わたしはすべて納得しました」ハミラーはサトーの質問にそう答えた。「次のクリスタルをお願いしてもいいですか?」

壁に見慣れた開口部があらわれ、エンザ・マンスールがクリスタルをとりだして容器にもどした。彼女はノックス・カントルを横目で見ながら、おおよそこんなことをいった。ほら見て。ハミラーがわたしの手から食べているわ。彼女は新しいクリスタルをとりだし、開口部に入れた。彼女の横にシガ星人があらわれた。飛翔器をシガ星人用の反重力プレートにとり替えたばかりだった。容器の縁からシガ星人が開口部に滑りこんだ。エンザはあっと思ったが、シガ星人はそのままなかへ消えていった。開口部が閉じ、ハミラーはインプットされた新情報についてふたたび意見を述べはじめた。

「当然ながら、あなたがインプットしたものをわたしが受け入れた場合、それも統合失調症かもしれませんね、ミスタ・サトー」銀の箱はしばらく間を置いてからそういった。「ところで、反重力装置に乗っているバイオニック構成ファクターは不要です。ミスタ・ポールがわたしのなかに入るのをわたしは見逃しませんでした。残念ながら、わたしはかれを助けられません。クリスタルといっしょに閉じこめられたままです」

「かれの身になにも起こらないよう祈るわ、ハミラー！」エンザはあわてていた。

「もちろんです、マダム。最悪でも、あとで疲れが出る程度でしょう。さあ、クリスタルをとりだしてください。もういりません。わたしのことは数時間、ほうっておいてください。あるいは数日間」

「ではそのように手配してみましょう」と、サトーが答えた。

「それはよかった。そのときまでにまだ《シマロン》が存在したらですが！」

「それはいったいどういう意味だ？」

サトーはエンザが開口部からクリスタルをとりだして容器に入れるのを見守った。彼女はもう一度手を伸ばし、ベアゾット＝ポールをとりだした。シガ星人は動かなかった。エンザは急いでかれを自分のてのひらの上に寝かせた。

「ノックス！」その声は、その場にいる者たちを不安におとしいれた。

壁のように白くなったシガ星人が女テラナーの掌《しょうちゅう》中にあった。かれは音声増幅器を通してひとことふたこともごもごと話したが聞きとれない。突然、ちいさなからだが起きあがった。

「テラがなかったのなら、《バジス》は一度もつくられなかったことになる」シガ星人の声は震えていた。「おまえたちはわたしをどうしたいんだ？　そのおろかさで、どうやってわたしを助けるというんだ。おまえたちの脳みそなんぞ、そこにあるコンヴァーターにほうりこんでしまえ。科学者だと？　この役たたずが！」そういい終わると、シガ星人は苦しげにあえいだ。

「ベアゾット、しっかりして！」エンザはそのちいさなからだに軽く触れた。

「かれを通して話しているのはハミラーです」アンブッシュ・サトーは銀色の壁に視線をうつした。

「おまえたちがわたしを始末するなんてできるもんか！」シガ星人は話しつづけた。

「わたしは《シマロン》を破壊する。いつか滅ぼしてみせる。だれにもわたしのじゃまはさせない！」

ノックス・カントルはシガ星人を受けとると大急ぎでホールを出て、近くの医療ステーションに運んだ。

4

ファング・トロクは部下をまわりに集めた。自分の努力の結果が、かれを精神的に打ちのめした。見つかったＶＥＩ‐ＣＨＡ着用者は百三十八名。トリマランの搭載艇はもう四艇しかなく、それでは全然たりない。瓦礫の墓場付近に迷いこんでしまったとしたら、すくなくとも同族の手助けがなければハンガイ銀河には帰れなかった。チェン・イ・ターには厳密に定義された任務があたえられており、皇帝ソイ・パングが船の行方を捜索させるとはかぎらなかった。

ファング・トロクはいくつか命令をくだし、部下を送り出すと、自分用に急ごしらえされたちいさなキャビンに引っこんだ。周囲をざっと見まわしてからＶＥＩ‐ＣＨＡを脱いだ。無造作にそれをかたづけ、下に着ていたコンビネーションをととのえた。その服はオレンジがかった黄色で、皇帝の兵士たちのふだん着だった。腰には幅広の黒革ベルトを締め、足元はくるぶしのすこし上まである薄いグレイの柔らかいブーツを履いている。

カルタン人はキャビン後部壁面の研磨された面にうつる自分の姿を、怒ったように見つめた。外見が変わったのは戦闘のせいではない。ターコイズブルーの毛皮は色あせてぼやけて見えた。頭の毛皮の縞模様はすっかり乱れている。

ファング・トロクはその姿を腹立たしく思いながら、指揮官として当分のあいだこのままでいくと決めた。かれの洗面用具はトリマランが破壊されたときに失われ、VEI－CHAに非常用の化粧用品と顔料を携帯しているだけだった。戦闘経験豊富な特務部隊指揮官。それが〝チェン・イ・ター〟というかれの称号の意味だ。戦闘に勝利するや皇帝の御前に呼び出され、直接勲章を授与されるという栄誉を何度も経験していた。ファング・トロクはそのたびに、着陸船内ですばやく化粧をすませ、着衣をととのえた。毎回、はつらつとしてしなやかに、勝者のホールに入場した。

だが今回はそうはいくまい。隊はカラポン帝国から遠くはなれており、任務はまだ遂行されてはいなかった。

考えに沈むチェン・イ・ターの顔が曇った。自分たちがテラナーより劣っていることはずっと前からわかっていた。トリマランを失ったいまはなおさらだ。カルタン人の状況は絶望的としかいえなかった。だがファング・トロクは、集まった部隊員の前でそれをほのめかすことさえしなかった。そんなことをすれば隊の士気を損なうことになる。

ファング・トロクはキャビンの片隅にうずくまり、グリーンと金色が混じって鈍く輝く目を閉じて考えをめぐらした。かれの理性は、いまこそ名誉ある退却がふさわしいと告げている。だが、たとえ死んでも皇帝の任務を遂行するのがかれの義務だった。その考えはカラポン人の教育に由来する。この精神と倫理観のおかげで、帝国はとほうもない高みにのぼり詰めた。ここで失敗すれば、それはカラポンの人民に対する裏切り行為でしかない。

ファング・トロクは目的を達成するための妙案を思いついた。隊には以前とは違う有利な点があった。四個所に分散してかくれればゲリラ戦ができる。だが、はげしい争奪戦の末に各パーツから巨大船《バジス》を再構築しようというのが唯一の目標なら、そんなことをしてもどうにもならないのでは？

皇帝ソイ・パングが掌中の珠のように大事にしている〝モトの真珠〟がありさえすれば、目標を達成できるのではないか？　敵はそれを想定していなかったし、援軍として到着した二隻の船は、これまでのところ異人の存在を気にとめてもいない。

それよりもはるかにファング・トロクを心配させたことがあった。カラポン人が瓦礫の墓場にきた目的と同じことを、テラナーも実行しようとしているようなのだ。かれらは船を組み立てるつもりだ。十万個のパーツから巨大宇宙船を。はじめて膨大なパーツの群れを目にしたとき、チェン・イ・ターはその崇高さに打たれてからだがこわばった。

かれは、対探知では自分たちのほうがまだ優位だと考えていた。立ちあがって仮設の洗浄器を壁から跳ねあげ、すこしだけでも毛皮の手入れができるようにした。だがその下で一分もたたないうちにがまんの限界に達し、シートに飛びうつってもう一度コンビネーションを着こんだ。搭載艇の制御エリアにもどり、ほかの宇宙艇との通信回路を接続しなおした。

「現在地変更は、通話終了後、ただちに実行する」と、挨拶抜きで命じた。「変更は第十一計画にしたがう！　パーツの群れから十キロメートル圏内に入る。そこで待機だ。もっとも注意が必要なのはタイミングだ。好機とみたらすかさず攻撃する！　連絡終わり！」

スイッチを切ると、背後に集まった仲間たちのほうに振り向いた。搭載艇内には全員に割りあてられるほどの居室や作業室はない。戦闘員の多くは、複数あるマシン室で寝起きし、ヘルメットをはずして横たわった。VEI‐CHAの空気を節約するためだ。

ファング・トロクはひとりひとりをじっくり観察した。そのまなざしは決意に満ちていたが無表情だ。計画の説明を待っている。だがファング・トロクは黙っていた。時がくるまで待ちたかったのだ。

「われわれは引きつづき戦う。それが皇帝の望みだからだ。われわれはカラポン帝国のために、そして皇帝の栄光のためにここにいる。そして、それを貫く。われわれはハンガイ銀河のカルタン人だ。テラナーが渦状銀河と呼ぶこの銀河に生息している、女々しい連中とはなんの共通点もない。アルドゥスタアルは退化の場だ。母権制はその無能さを証明した。女は高度な政治には向いていない！」

拍手が沸き起こったが、チェン・イ・ターは無視した。もともと女性に興味はない。かれは兵士であり、戦うために育てられた。生きているかぎり、それは変わらないだろう。かれは、搭載艇が第十一計画にしたがってそれまでいた位置からはなれ、あらたな目標をめざす陣形を確認した。対探知システムがフル稼働したが、周辺にテラナーの部隊はなかった。十万ものパーツとほかの種族の難破船が大量にあるため、生き残ったカルタン人を見つけるのは大海で真珠を探し出すようなものだった。

これに奇襲をくわえるかたちで、ファング・トロクは実行計画を練った。考えれば考えるほど、計画にのめりこんでいった。最後には、こうでなければならないし、それ以外にはないと確信した。

＊

三日後、何度か探索飛行を行ない、テラナーがどのパーツを重視し、どのパーツを調べているかが明らかになった。ファング・トロクの目的は、ひどく損傷したパーツのなかで発見された、破壊されたシントロン・システムと似たものが、これらの構造体のなかにないか調べることだった。もしあるとすれば、個別のパーツを結合するためにはどのパーツがもっとも重要なのかという疑問が生じた。

チェン・イ・ターは、この疑問にもとづいて計画を立てた。かれは兵士たちに忍耐強く、ようすをうかがうよう説いた。敵がかわりに仕事をしてくれるのに、どうしてむだに労力を費《つい》やす必要がある？　おまえたちは、ただ時がくるのを待てばいい、ただそれだけだ。テラナーに《バジス》を組み立てさせればいいではないか。次になにが起こったかは、べつのフォリオに書かれている。

皇帝の名において指揮官であるファング・トロクは、このフォリオをコンビネーションに入れて持ち歩いていた。夜も昼もほとんどの時間を搭載艇の外で、どこかの瓦礫やパーツにかくれてすごしていた。異人の難破船のひとつを数時間かけて調べた結果、攻撃の起点として適していることがわかった。もしテラナーがここを突きとめて攻撃してきたとしても、からっぽの難破船を征服するだけの徒労に終わるだろう。

通常の通信で起動可能なエネルギー生成装置を、複数の難破船に装備して基地にすることは技術的に可能だった。テラナーは、探知機がなにかを検知したら、かならずその意味を調べるはずだ。そうすれば敵の力は分散され、難破船の数を増やせばさらに、こちらの計画や目標から目を逸らせやすくなる。

チェン・イ・ターは満足げにかぎ爪を出し、それを研《と》いだ。時間表示を確認し、しばらくすると最新の監視内容を通信で伝えた。数秒後には警報信号を受信して仲間とともに現在位置から避難した。難破船の近くにどこからともなくちいさな宇宙艇があらわれた。それはある種の空間レンズに似ており、小型で位置測定が非常にむずかしかった。テラナーの所有物かもしれない。偶然このエリアに到着したのか、それとも通信インパルスが適切だったのか不明だったため、指揮官は撤退を命じた。退却は整然と行なわれ、まったくシュプールをのこさなかった。カラポン人は姿を消し、宇宙レンズはあとを追ってこなかった。もしなにかに気づいていたとしても、シュプールを見失ったのだろう。

ファング・トロクはほくそ笑んだ。テラナーに優越感をいだいた。カラポン人はすぐれた戦士であり、最終的に勝利する見こみはかつてないほど大きかった。

自分たちを無敵にしてくれる巨大な船を携えて帝国にもどれたら、その英雄的行為はどれほど誉れ高いだろうと思い描いた。ハンガイ銀河内でカラポン帝国は優位に立ち、アルドゥスタアルを占領できるだろう。

ファング・トロクは搭載艇にもどって頭の毛皮の顔料を洗い落とした。不快だったのだ。不快な思いをするぐらいなら化粧をしないで戦いに臨みたかった。

カラポン人はふたたび待機した。いよいよ好機到来と思われたときに、チェン・イ・ターは攻撃の合図を出した。

5

エンザ・マンスールとノックス・カントルにとって、シナジーというパラノーマル能力を使うのは、ごくふつうのことだった。テラ生まれのふたりは、当時まだ無事だった《バジス》で、いっしょにめざましい成果をあげてきた。まったく性格の異なるふたりは、この分野でパラノーマルなユニットを組んでいる。周囲からはコンピュータとコントラ・コンピュータの組み合わせにたとえられることもしょっちゅうだ。ふたりの才能がなければ、ストリクターをエネルプシ船に対して威力のある兵器にはできなかっただろう。ふたりはまた、プシオン・ネットやスティギアン・ネットとパラ露との相互作用の研究にも尽力していた。

そしてタルカン遠征隊に参加し、停滞フィールドによって生じた時間跳躍を経験した。停滞フィールド内ではほんの数秒と思われたが、外に出ると六九五年が過ぎ去っていた。エンザとノックスはこの事件現象にシナジー能力をもちいてアプローチしようとしたが、多少の成功はおさめたものの、大きな成果はあげられず、アンブッシュ・サトーが解明した以上のことはわからなかった。もはや存在しない時間現象にどうとり組めばいいのか。それがそもそもの問題だった。シナジー能力はかたちのあるものにしか働かない。

努力が実を結ばないことに、ふたりは苦しんだ。ほかによい仕事はないかと探していたところ、《シマロン》に運びこまれたハミラー・チューブにたどり着いたのだった。アンブッシュ・サトーとほぼ同時に《シマロン》にうつったが、居心地のよさに関しては問題なかった。エンザは気むずかしい女性で、ノックスは彼女の横でとほうにくれている印象があった。両者の気分がちぐはぐなことは、いつもふたりの顔から読みとれた。ほかの科学者と協力してハミラー・チューブの回復にとり組んでいるとき、ふたりの力の入れようは大変なものだったが、だからといって緊張関係がゆるむわけでもなかった。

実験前のこの大事な朝は、とくにひどかった。エンザ自身はこの日、自分の機嫌が悪いとは思っていなかった。その反対で、とくに元気がよく、心安らかだと感じていた。だがいやでもノックスのことを思い出し、すぐに気分が萎えていった。からだを引きずるようにして洗面室に入ると、半時間近く籠もった。新しい下着を身につけ、第二の皮膚のように感じているコンビネーションを着る。エンザは時間をかけて髪をとかし、ようやくキャビンを出た。

娯楽室へとつづく通廊と交わる角で彼女は立ちどまった。そのまま数分待ったが、ノックスはあらわれない。朝食をとるため、そのまま食堂へ向かった。クロノグラフを見ると、食事に割《さ》ける時間はあと十五分しかない。食堂でノックスを探したが見あたらず、だれにもじゃまされないよう奥のテーブルへ進んだ。

一方ノックス・カントルは、けさはとくに急いで仕事場に直行していた。そしてもう、サトーが割りあてた席にすわっていた。エンザがまだこないので、いらいらしているようだ。もうすこしがまんするしかない。

エンザはビタミン摂取を重視してさまざまな食材たっぷりの朝食を注文した。コーヒーはあきらめ、すこし冷えたフルーツ・ジュースを飲んだ。食事中ずっと目を伏せていたが、ハッチが音もなく開いて新しい客が入ってきたときだけ、わずかに目をあげた。

エンザの口から、入れたばかりの食べ物がこぼれ落ちた。おさえがたい力が彼女を椅子から立ちあがらせた。入口からのんびりと入ってきて、あいている席を探してテーブルに向かってくるノックスを、エンザは無言のまま見つめた。

「おはよう」と、いうと、ノックスは席にすわった。髪が目にかかり、もう長いあいだベッドでは休養していないようすだ。

エンザも同じように椅子にすわった。ノックスの目に、自分を楽しませようという意図を感じとった。

この状態を変えなければ！　と自分にいい聞かせた。このままでは、いい日にならないわ！

「どこにいたの？」と、エンザは早速かみついた。「またあなたが最後よ。いつも遅刻じゃないの！　あと五分で作業開始よ！」

「わかってるよ」と、ノックス。もう食堂に入ってきたときのリラックスした顔つきではなかった。「きみはいったいどうしたいんだい？　もしわたしが先にきていたら、いっしょに朝食をとるのを待ってくれないと責める。きみより遅くきたら、その逆を主張して非難するんだ。さしずめきょうは、わたしにハミラー・チューブの仕事をする気がないとでも思っているんだろう！」

「あなたに女のなにがわかるのよ！　ほんのすこしでもわたしの気持ちを考えてくれたら、もっとお利口になれるのに、ノックス・カントル！」

ノックスは身をすくめ、苦しそうに息をした。テーブルの上でうつむくと、顔をゆがめた。

「きみは自分の感情をいつもキャビンに置き去りにしている。男にも感情があるなんて想像できないだろう？　ちがうかい？　果てしなくつづくいやみには、いらいらするよ。いつか思わず手が出て、きみの才能の半分が消えるぞ、お嬢さん！」

エンザは知り合って数年になるが、こんなノックスははじめてだった。フルーツ・ジュースのコップが手から滑り落ちた。ノックスがすばやく手を出さなければひっくり返っていただろう。ノックスはつかんだコップを飲み干した。それからエンザの皿を引きよせ、ビタミン補給液のボウルを飲み干し、のこりを相手に押しやった。エンザはあっけにとられて見ているだけだ。

「きみはコンビネーションの陰にかくれてばかりだ。昔、わたしがあらわれると、きみはよく木の陰にかくれた。いまは、自分の服を騎士の鎧《よろい》がわりにしている。冑《かぶと》をとってくれというのは、過ぎた要求か？　それとも、きみの感情に近づくには、まずきみの鎧を脱がさなければならないのか？」

エンザはいまにも叫び出しそうに口を開いたが、声は出なかった。両手がテーブルの上でおちつきなく動き、まばたきがはげしくなった。相手の目を見ることもできずに目を伏せ、ようやくおちつきをとりもどしたのは、ノックスがエンザの朝食を食べ終えてから一、二分たってからだった。

エンザはノックスが人生ではじめて反撃に転じたことをはっきり理解した。ノックスは彼女の心理の一部を解き明かし、あらわにした。みんなに聞こえるように。憎しみを感じてもおかしくなかったが、彼女のなかにはいかなるものも凌駕《りょうが》する感情があった。ノックスは防戦した。いままでのように寡黙な受難者を演じなかった。無限の寛容さはついにつきたのだ。

「年がら年じゅう、きみはまるでばかな山羊だ！　いつか船の片隅に家畜小屋を建ててやる！」

だれかが品のない笑い声をあげた。ノックスはすぐに振り向くと舌打ちした。相手は顔を真っ赤にしたが、なにもいい返さず、口出しもしなかった。食堂はだいぶ前からしずまり返っており、だれもがそのいさかいに耳をかたむけていた。

エンザ・マンスールの顔の筋肉が、どうしようもなく痙攣《けいれん》しはじめた。泣けてきたけれど、泣くのはいやだった。全力で涙にあらがった。立ちあがると、食堂を出ていこうとしたが、力が湧かない。ノックスは彼女をじっと見つめ、椅子にすわらせた。

「ずっといえなかったんだ」と、つけくわえた。「さあ、おいで。もう遅刻だ！」

背後で物音がしたので、ノックスが振り向いた。

「遅いよう」非難がましい明るい声がした。

「グッキー！」エンザはぱっと立ちあがった。「カラポン人を探しているのかと思っていたわ！」

「探してるよ。でもサトーもほうっとけないからね。サトーが至急きみたちを呼んでこいってさ！　さあ、つかまって！」

グッキーはふたりの手をとってテレポーテーションした。三人は第三格納庫のひろい楕円形の空間に実体化した。十メートルはなれたところに超現実学者が立っており、自分のマシン・ホールのシントロニクスで作業していた。到着した三人には目もくれなかったが、そのかわり時間厳守と信頼について長々と講釈をたれた。

「ええ、わかりましたとも!」エンザは正真正銘しょんぼりしていた。彼女にそういう面があることを、いままでだれが気づいていただろう。ノックスの手をとり、自分の持ち場に向かった。ハミラーの近くのホールだ。シナジー・ペアは格納庫からいなくなった。グッキーがサトーに話しかけていたことにも気づかなかったようだ。

「百八十度の方向転換だよ、サトー。なんと、ノックスが反撃したんだ。かれが攻撃側で、エンザは黙ってたよ」

アンブッシュ・サトーの表情からは、驚いたかどうか判別できなかった。

「ベアゾット＝ポールは元気にしていますか?」と、しずかに訊いた。

「もう大丈夫さ。あいつがここにあらわれたら、手榴弾や破甲爆雷みたいなものを持っていないか調べたほうがいいよ。忘れるなよ、確率の師匠。テラのつまようじだって、シガ星人にとっちゃブラスター並みの凶器なんだから!」

「ポールがハミラー・チューブに復讐するつもりだというのですか? かれのサイコグラムを見ても、そんなふうには見えませんでしたが!」

「それは知らないけど。そうかなと思っただけさ。またね!」

グッキーは一本牙を見せるとぽんと音を立てて消えた。

＊

その朝のハミラーのようすはふつうだった。いつもの美辞麗句や尊大な婉曲表現は影をひそめ、具体的かつ簡潔に答えていた。ときには簡潔すぎるほどに。格納庫とホールのあいだはごくちいさな構造亀裂で直接音声接続されており、ハミラーが外でなにが起こっているのか認識できないよう、内部からの通信は別途暗号化され、遮蔽《しやへい》されていた。

ミルナ・メティアと仲間のサイバネティカーは、当分のあいだということで調査を終了していた。かれらの仕事でもっとも重要な発見は、筐体内で特定のエネルギー偏差が生じるとかならずハミラーが統合失調症や記憶喪失症に似た行動をとるということだった。この偏差は直接測定できない。チューブが自分を遮蔽し、散乱放射を吸収できるからだ。サイバネティカーたちは、ハミラーに気づかれずに間接的に偏差を知る方法や手段を発見していた。シントロニクスは通信ブリッジを通じてそのことを知り、不当な行為だと抗議した。

「きみに文句をいわれる筋合いはない」と、ノックス・カントルが答えた。「われわれはきみをもとの状態にもどすために全力をつくしている。統合失調症と記憶障害はとりのぞく必要があるんだよ、ハミラー」

「それについてはかなり自信があります。いまでは自分の弱点をはっきりと認識していますし、それを補整するためにできることはすべてやっています！」

「それとこれとは違うのよ！」エンザ・マンスールはチューブにこぶしを突きつけた。

シナジー・ペアは、正面の壁だけが見える銀色の箱の前に肩をならべて立っていた。

「エネルギー偏差の意味はわかる？　あなたのシントロン・システムには障害があるのよ、ハミラー。あなたに問題があるの！」

「それは事実ではありません。わたしはまったく正常です。わたしの記憶装置だけが、どういうわけか混乱しているんです！」

ハミラーはまたしても追及をかわした。かれの態度に認められた改善は自己再生という言葉で定義されたが、それが恒常的にあらわれるわけでも、その傾向が高まるわけでもなかった。次の狂気の段階に進む前の、中間段階にすぎないという可能性も充分あった。

エンザがなにかいおうとしたとき、アンブッシュ・サトーが決めておいた合図を出した。

「われわれはいま、問題をかかえている」と、超現実学者が通信で知らせてきた。「それはわたしが対処する」

エンザとノックスは顔を見合わせ、自分たちのうしろにいる六人の科学者のほうを振り返った。かれらはポータブル・コンソールの前に立ち、起こっていることをすべて記録している。

「問題をかかえているのが自分だけではないとわかってほっとしたよ」と、ハミラーが答えた。「なにか手伝おうか？　ねえ、どうしたんだい？」

このときハミラーはかなり無遠慮な言葉使いになった。サトーは、ハミラーが絶対に驚くにちがいない、確実なプログラムを考え出していた。外にある機械で数分前から超現実が構築されていた。それは、《シマロン》の避難は完了していて、のこっているのは外部の攻撃から船を守るための緊急対応要員と司令部要員だけという状態だった。ほかの乗員は全員、とり決めにしたがって《リブラ》にうつっている。そうしているうちに超現実がパラトロン・システムに影響をおよぼしはじめ、サトーはそれを段階的に停止させた。ホールの壁は乳白色に濁り、色が徐々にうすくなって、やがて完全に消えてなくなった。格納庫の機械が一瞬見えたかと思うと、黒い壁がホールに向かって猛スピードで突進してきた。

ハミラーは光学的観測でこれらすべてを感知した。バリアが切られ、ハミラーものこりの探知システムを使用できるようになった。

「警報！」ハミラーが叫んだ。「なんだ？　外にある機械は兵器ではないぞ！」

ホールをつつむ暗闇のなかから突如、超現実学者の姿が浮かびあがった。アンブッシュ・サトーは神秘的な銀色のシンボルがついた、血のように赤いキモノを着ている。キモノの胸のところがちいさく膨《ふく》らんでいた。そこには、超現実学者がこの事象を制御するコントロール・ユニットが吊るされている。

「危険は生じていませんよ、ハミラー」と、サトーは説明した。「これは停滞フィールドの影響に関係している。きみも《シマロン》の情報メモリーですでに知っているはず！」

その間にも、暗闇は威嚇《いかく》するように近づいてきた。そして六人の科学者とコンソールを飲みこんだ。見えるのはアンブッシュ・サトーとシナジー・ペアだけになった。黒いマントはそのままのこっている。

「わたしには時間的な影響は測定できません」ハミラー・チューブは冷静に報告した。

「フィールドの背後にはなにがあるのです？」

「おそらく、まだ《シマロン》の内部ですよ！」サトーは真実を語った。ハミラーに嘘をついてもむだだったからだ。シントロニクスはばかではない。真実を受け入れ、待っていた。

状況が変化するまでに五分ほどかかった。見通しのきかない漆黒がしだいに消えていった。それはつまり、その一部がのこったことを意味する。その強度が変化し、いくらかぼやけてきた。そのなかにちっぽけな点が見え、チューブのほぼ反対側にふたつの光る物体が形成された。ひとつは強烈な白と青に輝き、ホールの上に大きくかかげられていた。もうひとつはすこし遠くにはなれていて、わずかに光を反射しているだけ。それは死んで干からびたからだだった。恒星がはるか彼方で明るく輝いていた。

こうした印象と同時に、ハミラーの探知機はシステム内で活発な通信があることを知らせていた。直接チューブ宛の通信があった。

「モスゴムから《アズリル》へ」メッセージはそうはじまっていた。「プロジェクターは設置され、テストされた。計画は実行可能だ。銀河間空間の微調整は完了した。たりないのは司令センターからのインパルスだけだ。モスゴムが《アズリル》を呼んでいる、確認せよ!」

星系のほうを向いていたアンブッシュ・サトーがわずかに頭をさげた。それをエンザとノックスが見ていた。ふたりはつないでいた手をはなした。

「答えないといけないわ」と、エンザがいった。「聞いているの、ハミラー? モスゴムが返事を待っている。いまインパルスを送れるのはあなただけよ。だから、やってちょうだい!」

「わたしはインパルスのことは知りません。どんな星系でしょうか?」

「わからないのか?」ノックスは驚いた振りをして壁の前に立ちはだかった。「どうして答えないんだ? モスゴム、ルナのハイパーインポトロニクスが、きみを呼んでいる! 指揮権はきみにある。モスゴムはきみを信頼しているんだ!」

「返答はありません、インパルスもありません」と、チューブ。

「モルベク・カイデムは眠っている。起こせ。そうすればインパルスが送れる。なにしろ船長なのだ。それとも待てよ。わたしにも権限があることを証明するコードを持っている。それを実行しよう。われわれは逃げるしかないんだ!」

ノックスは壁の前に進み出ると、ハミラーのインプット・コンソールの上に身をかがめ、入力しはじめた。

「《アズリル》からモスゴムへ! われわれはメッセージを受けとった! おい、ハミラー、いいかげんに通信リンクを解除してくれないか? くそったれ、いったいどうしたんだ?」

「権限はだれにあるんですか? わたしだけでしょうか、それともここにいる全員ですか?」と、チューブが問い返した。「モスゴムとはだれですか? ルナにモスゴムはいません」

「ではだれがいるんだ?」

「ネーサンです。お忘れですか? わたしはネーサンの命令しか受けません!」

「ちょっと、ノックス!」エンザは自分のパートナーをつついた。「ハミラーは完全に混乱しているのよ。現実と狂気を混同している。コードを入力してやって!」

ノックス・カントルはハミラーに、かつて《バジス》で通常使われていたコードを入力した。ハミラーは反応こそしたものの、通信リンクは解除しなかった。

「もうわたしに権限はあるのかないのか?」ノックスは腹を立てている。そこへ《アズリル》の司令室から当直宙航士の問い合わせがきた。

「なぜ返答しないんだ、ハミラー？　カイデムを起こしてくる！」

ハミラーは呼びかけた声の主を問題なく特定し、巨大な《アズリル》の全貌を突如把握した。一万二千人を超える乗員全員の居場所もわかった。チューブのシントロン・システムとバイオニック・システムが観念し、ハミラーは通信リンクを解放した。

ノックスが通信をくり返し、モスゴムはほっとしたようすで確認した。そして《アズリル》からのインパルスを要求した。

「ハミラー、あなたの仕事よ」エンザ・マンスールが説明した。「まだボイコットする気？　どうしたの？」

「どのプロセスのことですか？　情報をください」チューブはしょんぼりして、聞きとれないほどの小声で話した。

「逃亡のプロセスよ。大変よ、モスゴム。ハミラーは必要なデータを持っていないようだわ。データ移行をお願い！」

データは通信ブリッジ経由で、当時のプロセス全体に関する基本的な知識とともに送られてきた。ハミラーは混乱し、情報から身を守る準備をしていなかった。本当にモスゴムからきたのかどうかもたずねなかった。そしてデータを受け入れた。

十秒後、インパルスが送られた。エンザ、ノックス、サトーは感激し、テラ政府は全種族の幸福を祈る短いメッセージを送ってきた。

インパルスから実行まで三時間近くかかっただろうか。ハイパーリレーが銀河の全ステーションに送信するのに、これだけの時間がかかったのだ。

「では次になにがくるのですか？」ハミラーがそっとたずねた。「わたしたちはどうなるのでしょう」

「《アズリル》も逃亡にくわわる。当然だろう」アンブッシュ・サトーの柔らかな声は、その目に秘められたきびしさとは対照的だった。超現実学者のひろい額には細かい汗の玉ができていた。ただひとりサトーだけが、機械が創りだした超現実は長くつづかないことを知っていたから。異化作用を完璧にするためには自分が介入するしかない。

ハミラーとモスゴムのあいだに追加の通信が確認された。シントロニクスが慣れ親しんだ現実との違いに気づけないほど、異質の現実は完璧に機能していた。ハミラーはシナジー・ペアと超現実学者が黙って待っているあいだに、さらに情報を集めた。

「あなたのいうとおりでした」と、チューブが突然サトーのほうを向いた。「わたしの側に完全な故障があります。それについてはお詫びします。このミスをおかしたのがわたし個人だったという記憶はありません」

サトーは、《バジス》の分散化とネーサンの命令について、この時点で語ることを避けた。どちらの言葉も、現段階のハミラーの現実にはもはや存在してはならなかったからだ。チューブの話を聞きながら、超現実学者はとくに〝個人〟と、いう言葉にひっかかった。またしても、この銀の箱のなかにいったいなにがあるのかという難問に直面した。それは、あとからシントロン・システムに改造されたポジトロニクスなのか、それとも、たとえば謎の死を遂げた天才ペイン・ハミラーの保存された脳のように、ほかになにかあるのだろうか？

指がわずかにむずむずして、自分をコントロールするべきだとサトーに指示した。好奇心のおもむくままに行動していては、この実験のコントロールを見失う危険があった。

次の三時間は待つことで過ぎていった。ときおりエンザとノックスがハミラーと、あるいは自分たちで、短い会話を交わした。ふざけたり冗談をいい合ったりした。それは偶然起こったのではなく、どの冗談も心理学的に厳密に考え抜かれたものだった。ハミラーはシナジー・ペアのことを巨大カタストロフィが発生する前から知っており、かれらの行動やサイコグラムに関する豊富なデータを持っていたからだ。待機の三時間が終わる直前、ハミラーもふたりの会話に入ってきた。

「ミスタ・ノックス、ミス・マンスール」その声はぎこちなく、儀礼的だった。「おふたりの会話におじゃましてもいいですか？」

「どうしたの、ハミラー？」エンザは緊張で目が光ったが、ハミラーの光学システムに悟られないよう、額を拭《ぬぐ》うようにしててのひらで両目をかくした。

「そもそもあなたがたはテラナーではないでしょう。そのふるまいは、テラの子孫とは異なっています。テラのメモリーにおふたりに関するデータが存在しないという可能性はあるでしょうか？」

エンザは首を振った。「そんなはずはないわ、ハミラー」彼女はあてどなく答えた。横目でサトーを見て安心した。サトーがまぶたをさげて肯定したのだ。かれは自分の機械をプログラミングするときにそのことも考えていた。

「時間のむだですよ、ペイン」超現実学者が口を開いた。「そろそろ時間です。われわれは旅の準備をしなければならない。これは未知への旅ではないんです」

「データは完璧で、エラーは見つかりません」と、チューブが確認した。「カウントダウン終了まであと二分です。正確にゼロの時点で局部銀河群の全銀河が旅をはじめます！」

ハミラーは驚くほど冷静に行動し、反応した。自分の仕事にすっかり集中しているようだった。その行動に不安定さは見られなかった。

サトーはそれを前提にプログラムを作成していた。次の期間では、シントロニクスの状態が維持されるよう細心の注意をはらう必要があった。それが成功すれば、次につづく衝撃のための基礎がととのったことになる。そしてこれは、巨大カタストロフィの直前に起こった出来ごとに合わせて調整されたものだった。

ハミラーはラスト三十秒を大きな声でカウントした。カウント・ゼロのとき、ホールの三人は衝撃かそれに類するものを待ったが、そのプロセスは外部からの影響を受けることなく行なわれた。テラとルナは依然として遠景にあり、ソルの光に照らされて輪郭がくっきりと浮かびあがっていた。その背後の星さえも変わっていない。

だが、違いはあった。それまで黒かった宇宙に、とぎれることなく赤くきらめく背景があたえられた。その輝きはあらゆる場所に同時にあらわれ、局部銀河群がどこに到達したかを明らかにした。

「これがタルカン宇宙なのね」エンザ・マンスールがつぶやいた。その手がノックスのほうに伸びて手をつないだ。「とうとう着いたのね」声が大きくなってエンザはさらにつづけた。「ハミラー、ペリーがなぜこれほど長いあいだこの宇宙にとどまったのか、そしてここでなにをしていたのか、教えてくれる？　タルカン遠征には目的があったはずだし、通常宇宙でのカタストロフィを防ぐことができたのはたしかよ」

「それなら、《アズリル》の分散化はけっして起こらないでしょう」と、チューブはため息をついた。その声は安堵したように聞こえた。

「たしかにそのとおりです、ペイン！」アンブッシュ・サトーは自分の制御装置を使って巨船の乗員がまだ全員眠っていることを確認した。ハミラーはそれに憤慨するかもしれない。このプログラムには休眠状態の説明がなかったからだ。だがハミラーは異を唱えなかった。

どこかに、突然ストレンジネス・ショックが生じたら眠るのが最善策だ、というような説明が入った断章がいくつか存在したからだろう。

サトーはにやりとした。ニッキ・フリッケルがはじめてストレンジネス壁を通過してハンガイ銀河の第三クオーターに接触してしまったとき、五カ月間意識不明になったことを思い出したからだ。

ハミラーはこの情報をもう持っていないのだろうか？

超現実学者は、計画的ショック療法によって実際のところハミラーがどの程度過去のことを知っているのか、明らかになるよう切望していた。サトーは自信たっぷりで、次の段階を安心して待つことができた。

＊

エンザとノックスは心理的コントロールを完全に掌握《しょうあく》していた。サトーはもう干渉してこない。かれは目を閉じ、ホールの中央に身じろぎもせず立っていた。背後にテラとルナのある漆黒の闇がひろがっていることを意識している。四歩後退するだけで宇宙へ飛び出せる。セランなしでは無理な話だが。かれらを虚空から隔てる保護フィルムが存在しているとハミラーは考えていた。つまり、ハミラーはアンブッシュ・サトーの技術的手段を受け入れたのだ。とはいえ、《アズリル》の一部をコントロールできていないことに、なぜハミラーはなにもいわないのか、すこし意外だった。

サトーはその考えを振りはらった。実体は数平方メートルと壁しかない周囲環境だということを忘れて、かれは自分自身のなかに埋没していった。自分の〝気〟のシュプールを逍遥《しょうよう》しながら、呼吸と脈拍は数秒のあいだにきわめて遅くなった。サトーの顔が青ざめ、そのからだは力なくくずおれた。かれは精神と魂を結びつけている神秘的な力をたどった。呼吸をするたびに軽くなり、数秒後には床の上に浮かんでいるように思えた。言葉にできない力が目の前にひろがった。その力を自分自身のなかに流れこませ、意識のなかにとり入れて、かたちをつくりはじめた。このプロセスに要した時間はほんの一瞬で、サトーのからだがよろめいた。

エンザとノックスは横目でそれに気づいたが反応しなかった。そしてハミラーに最大限の注意をはらい、質問や意見をくり返した。超現実学者の意識が、あらたな現実をかたちづくりはじめた。かれがそれをどこから手に入れたかは、この特別な状況では些末なことだ。重要なのはその現実が存在し、向こう側へうつるためのゲートを見つけたということだ。すべての機械とそれを監視する技術者が入れ替わった。《シマロン》の第三格納庫の小宇宙は、サトーの思考力のみにもとづいたべつの世界にシームレスに埋めこまれていた。サトーは機械のプロジェクションを自分の宇宙で包囲し、論理と説得力を検証してから最終的に顕在化させた。かれは突然身をすくませると、目を開いて銀色の壁のほうを見た。赤いキモノの下に手を入れ、うつしだされたプロジェクションの漆黒の向こうでコンソールの前に立っている六人の技術者たちに、決めておいた合図を送った。

「その合図はどういう意味ですか?」ハミラーはただちに質問してきた。

「テストの合図です」と、サトーは答えた。「すべてのことを気にかける必要はないんですよ、ペイン・ハミラー!」

「どっちにせよあなたはなにがリアルでなにがそうでないか知らないでしょう」と、エンザがつけ足した。

「それはいったいどういう意味ですか?」チューブはあわてて訊いた。「わたしと《アズリル》にとってどんな意味があるのです?」

「なんの意味もないさ!」ノックス・カントルは手をたたいた。「ただ、タルカン宇宙ではきみが自分の記憶装置で知っている通常宇宙と、すべてが同じとはかぎらないことを覚悟しておくことだな」

「それはわかっています。ほかになにか裏はないでしょうね?」

「もちろんだよ、ペイン!」

サトーはこの時点で腕をさげていた。この合図もあらかじめ決めてあった。自分たちの能力とは畑ちがいの心理戦に専念していたシナジー・ペアは、決定的といえる第二段階がはじまったことを知った。ハミラーがそのときまでに受け入れたことすべてに疑問を投げかける通信メッセージがとどいたのだ。

その内容はこうだった。

「母船《バジス》から《アズリル》へ！　こちらは《バジス》のペリー・ローダンだ。《アズリル》応答せよ！」

この通信と同時に、太陽系の端に《バジス》と同スケールの箱があらわれた。三人のテラナーは、はらはらしながらその場に立って待っていた。秒読みしながら振り向いて背後の宇宙を見る。こちらに向かって、宇宙の巨人が猛スピードで接近していた。ローダンが通信をくり返した。

ようやくハミラーが返答した。

「それはまちがいです」と、《バジス》に向けて通信リンクから大音量で呼びかけた。「《バジス》もネーサンも存在しません。こちらは《アズリル》で、船長はウェイロン・ジャヴィア……つまり……モルベク・カイデム……身元を明らかにしてください。そうでないとわれわれはあなたを破壊しなければなりません。あなたはタルカン宇宙に属しているのですか？」

「《アズリル》は空想の産物で、ゆがんだ現実だ」と、ローダンが答えた。「そちらはだれが話している？　こちらは《バジス》のローダンだ。ハミラーのコンタクト回路で話している。《アズリル》、そっちでなにが起こったんだ？　またシントロニクスがおかしくなったのか？　それなら、いちばん近い恒星に落下させるときがきたぞ！」

ハミラーの音響プロジェクターから叫び声がした。ハミラーは《アズリル》の全室と直接通信を確立し、

「サー！」と、大声で呼んだ。「船長！　ミスタ・ナイマン！　どこですか？　目をさましてください、ハロルド・ナイマン。船が危険です！」

テレカムがオンになった。

「こちらモルベク・カイデム、どうした？　なにをばかなことをいっている？　じゃまをするなと命じたはずだ」

「ハロルド・ナイマンはどこですか？」と、ハミラーは叫んだ。「船長と話をさせてください」

アンブッシュ・サトーはエンザとノックスに親しげな視線を送った。それから、左手の指を二本組み合わせ、右手でキモノの下のコントロール・ユニットに触れた。

「こちらは《バジス》のハロルド・ナイマンだ」《カシオペア》の格納庫チーフの声が聞こえた。かれは瓦礫の墓場でハミラーから新船長に指名されていた。「なにが起こったのでしょう？　《アズリル》は故障したのですか？　そもそもこの船は存在するので

しょうか?」

ハミラー・チューブが支離滅裂な言葉を発しはじめた。やがてとぎれとぎれになり、ふっつりとぎれた。三十秒ほど間があいた。

「ミスタ・サトー」シントロニクスの声はいくらかしずかになっていた。「なにかいってください。ここではなにが行なわれているのですか?」

「たったいま、きみに呼び出しがきました」とだけサトーは答えた。

《バジス》が連絡してくると、こんどはハミラー・チューブが単独で話した。同時に技術者がコンソールを操作して機械的に生成した超現実をオフにし、サトーのプロジェクションがあらわれた。地球と月と太陽のある宇宙は消え、背景で輝いていたタルカン宇宙も消えた。ぼんやりしたホールの壁だけがのこり、そこから影があらわれた。

「こちらハミラー」と、接近中の《バジス》が告げた。「われわれは《アズリル》から攻撃を受けています。おそらくハウリ人の手に落ちたのでしょう。危険です。船を破壊します!」

ここでハミラー・チューブは完全に制御不能におちいった。光学ディスプレイは狂ったような光の戯《たわむ》れをうつしだし、チューブはガラガラと音を立て、音響部品からはガタガタと音がした。

「攻撃」そういうとギシギシときしんだ。「自分を攻撃することはできません。わたしはペイン・ハミラーで、ほかのだれでもありません。自分を攻撃することはできません。船長はどこですか？　船長と話がしたい……苦情を訴えます……岩塊……」

サトーはハミラーのシントロニクス意識が低下していることに気づいたようだ。自分の装置のスイッチを入れ、プロセスを加速させた。迫りくる《バジス》は中央部が開き、ばらばらになって四方にひろがった。これは心理学的に分散化とも解釈できるが、実際には不明瞭なホールを船内にとりこむことが目的だった。プロジェクションされたサトーの超現実が創り出したものは、どんなマシン・ホールにもできないほど完璧だった。

ホールは《バジス》と融合すると同時に輪郭も変化した。ハミラー・チューブ本来の制御司令室のすぐ隣りにある小部屋にシームレスに置かれた。チューブからは船とその乗員全員が見わたせるようになっている。

「ハミラー」ペリー・ローダンの声がふたたび響いた。「攻撃を実行せよ。ハウリ船《アズリル》を追い返すんだ！」

「了解しました！」まるでピストルが発射されたようにシントロニクスから声がした。

だが次の瞬間、ハミラーは同意をひるがえした。そして声をうわずらせながら、生じたジレンマから抜け出す方法を探しつづけた。

「あなたはミスタ・ローダンでもミスタ・ジャヴィアでもありません」と、告げた。

「あなたには権限がありません。権限があるのはミスタ・ナイマンだけです。こちらはハミラーではありません。あなたは思いちがいをしています……」

「ハミラー！」壁の前の三人が叫んだ。「ペイン・ハミラー。われわれがだれかわかるか？」

「……あなたがたの命令は受けられません。わたしは命令を受けられない……自分自身を破壊するなんて……だめだ、だめだ……聞いてください。こちらは《バジス》ではありません。あなたの船はせいぜいのところ模造船です。あなたは《バジス》でもなければミスタ・ローダンでもありません。ハロルド・ナイマン、聞こえますか？」

「聞こえるよ」アンブッシュ・サトーがくわわった。

「それならよかった。《バジス》は攻撃されていません。わたしは敵を検知できません。《アズリル》のエコーは薄れました。撤退したのでしょうか？」

「現実から姿を消したんだ！」ふたたび超現実学者が答えた。ハミラーはいまのところ、かれとハロルド・ナイマンの区別がついていないようだ。

「わたしの記憶には欠落している個所があります」と、ハミラーはつづけた。「そこにはなにかがあるのでしょう。でもそんなことはあり得ない。たしかに、わたしは分散化命令にしたがいました。しかし、その前になにがあったのでしょう？　わたしにはわかりません。この船の責任者はどこにいるのでしょうか？　ミスタ・ジャヴィア、《バジス》はいまどこにいるのでしょうか？……注意せよ、こちらはハミラー・チューブ。これをもって、《バジス》の指揮を執る！」

　アンブッシュ・サトーの額に浮かんだ大粒の汗が眉に沿って左右のこめかみへ、そしてそこから下へと流れ落ちていった。超現実学者はふたたび目を閉じ、力が抜ける瞬間に集中していた。その唇は震え、からだは折れ曲がった。

「エンザ、ノックス、《リブラ》に通信を送ってください！」と、ささやいた。ふたりはサトーのもとに駆けより、両側からかれを支えた。

「わたしはたったいま、自分で再起動しました」と、チューブが告げた。「注意してください、これはNGZ四二四年十二月十七日の出来ごとです！　わたしの声が聞こえますか？　《バジス》は自由テラナー連盟、LFTの主力船です。それ以上の情報はわかりません。すみません。ゲシールがどうなったか、もうわかりましたか？」

「箱よ！」サトーがうめくようにいった。「きみはだれです？　なにをわかっているのですか？」

「わたしはハミラー・チューブ。目下《シマロン》に搭載されています、指揮官はレジナルド・ブル。ここではプロジェクションが実施されていますね。なにがプロジェクションされるのですか、ミスタ・サトー？　それに、ペリー・ローダンはどこですか？　ずいぶん長いあいだお目にかかっていません。乗船されなくなってから、何世紀もたちました」

「やれやれだ！」アンブッシュ・サトーは完全にくずおれてしまった。かれが意識を失うと同時に、現実のようにリアルだったプロジェクションが消えていった。それはプロジェクションを超越した超現実だった。

どこからともなく六人の技術者とコンソールがあらわれ、その背後にホールの壁が見えた。

エンザが通信インパルスを《リブラ》に送り、乗員が船にもどれるようにした。ノックスは医療ロボットに命じて意識を失ったサトーをホールの床に横たえさせた。数秒後、ペリー・ローダンが入口にあらわれた。ハミラーが熱狂的にローダンを迎えた。

「ようやくここへきてくれましたね、ミスタ・ローダン。アトラン、グッキー、ブリー、エイレーネ、ティフラー、そしてほかのすべての友人たちはお元気でしょうか？　ああ、なにをいっているんでしょう。もちろん、かれらがどうなったかは、とっくに《シマロン》で知っています」

「それはよかった、ペイン」ローダンはまるでシントロニクスではなく人間を相手にしているようにほほえんだ。

＊

十時間後、アンブッシュ・サトーは健康を回復し、祝福を受けた。ちいさなホールには関係者だけでなく大勢の野次馬が集まっていた。《シマロン》の乗員は全員船にもどっていた。エイレーネとコヴァル・インガードの隣りで、まるで奇蹟を成し遂げたように満面の笑みをたたえたグッキーとベオドゥが話しこんでいた。

「人間の場合はそうなんだよ」グッキーはアッタヴェンノクの質問に答えた。「ふつうのやり方でうまくいかないと、木づちを手にする」

「木づち？」ベオドゥが訊き返した。

グッキーの説明は中断された。レジナルド・ブルがチューブの前に進み出て、不敵な表情で人々を見まわしたからだ。

「本当なら今回のことはすべてやらずにすんだはずだ」そういってみなを驚かせた。

「娘が父親の部屋をこっそり探しまわるのはふつうではないが、それが功を奏した。エイレーネがなにかを見せようとわたしを急に司令室から連れだしたのをおぼえているか？」

ローダンの顔に、ふたたび誇らしげな輝きがかすめた。かれはこれからなにが起こるか知っていたが、ほかの人々といっしょにうなずいた。

「エイレーネがペリーのテレカムメモリーにメッセージを見つけた。暗号化されたかくしファイルで、アクセスできるのはペリーだけだ」

エイレーネがブリーを押しのけた。華々しいショーをブリーに横取りされたくなかったのだ。

「自力でキイを見つけようとしたのよ。でも自分では無理だったからレジナルドに相談したけれどだめだった。それで父を呼んだんです。ようやく当時なにが起こったか、真相がわかりました」

「ブリーはぼくたちに秘密にしてたんだな」グッキーは憤慨していた。「きみたちみんなで黙っていたんだ！」

「それには理由があったんだ」と、ローダン。「サトーとチームを出し抜くようなことはしたくなかった。そして最終的には、データから判明した以上のことが得られた。ハミラーの再生を妨害してはならなかったしね。そして、その情報がどういうことだったのか、おそらくすぐにもハミラー自身が説明してくれるだろう」

「そのとおりです！　わたしがつづきを話しましょう。ミスタ・サトーとチームのみなさん全員に感謝します。ずっと苦しんできた足かせをとりのぞいてくれたんですから。すべてのはじまり、すなわち巨大カタストロフィの時代から話をはじめさせてください。《バジス》は依然としてXドア宙域にとどまっていました。《アウリガ》が到着し、銀河系船団の船の情報を持ってきました。けれどもこれらの情報はほかへは伝達されなかったんです。すくなくとも直接には。《アウリガ》がテラになにを伝えたのかは不明です。はたして《アウリガ》が銀河系に到着したのか、それともすでにはじまっていた百年戦争の混乱のなかで失われたのかはだれにもわかりません。いずれにせよ《バジス》はウェイロン・ジャヴィアの命令でXドア宙域から引きあげ、五百光年ほどはなれた位置に移動しました。その場所で、ハウリ人とカルタン人の全艦隊が局部銀河群へ進んでいくのをまずはしずかに監視していました。明らかに《バジス》を探している強力な船隊がXドア宙域をながい時間をかけて横切っていきました。開戦直後、ヴァリオ＝500がアンソン・アーガイリスのマスクであらわれました。それは四四八年の終わりのことです。かれは自分のなかに保存されているネーサンの命令をわたしに伝えてきました。それには《バジス》を組み立て前の個別パーツに分散化することもふくまれていました。同時に、ネーサンは特殊な指示でわたしのシントロン・システムを混乱させたため、わたしはもはや適切な行動も適切な情報提供もできない状態になってしまったのです。もしだれかがわたしの記憶装置をのぞき見たとしても、無意味なことばかりで読めなかったでしょう。構造データを出すことも、人類への報告もまったくできなくなっていました。テラナーにとってもっとも重要な宇宙船を敵の手にわたすわけにはいきませんでした。ネーサンがなぜこの命令を出したのか、なぜ《バジス》を太陽系に入れなかったのか、本当の動機はいまもわかりません。アンソン・アーガイリスはこの機会に、ペリー・ローダンが自室にもどってきた場合にそなえて、船内にメッセージをのこしておこうと考えました。しかも徹底的に探してもかんたんには見つからないようにして。わたしが《シマロン》に移動してから、わたしの関与なしで、関係する《バジス》のセグメントから《シマロン》内のローダンのキャビンに情報が送られました。そのなかには、わたしがいま説明したようなことや、ミスタ・ローダンのような権限のある人とコンタクトすれば、わたしのシステムの混乱はすぐにおさまるという内容がふくまれていました。けれどもネーサンは、巨大カタストロフィの影響を強く受けたハンガイ銀河と《バジス》との距離が近いことを考慮していなかったんです。わたしのシステムは巻き添えを食らい、統合失調症や精神錯乱のような症状のともなう混乱をきたしてしまいました。さらには権限のある人が何人きても、解消できなくなったのです」

ハミラーは黙りこみ、その場にいた者たちは唇をぎゅっと閉じて悲しみに満ちた顔を見合わせた。ハミラーの説明が、局部銀河群に遅れて帰ってきたかれらの琴線《きんせん》に触れたのだ。ハミラーでさえ巨大カタストロフィの影響でこれほど苦しんだのであれば、銀河系の人々はどんなひどい目に遭っただろう。

やむをえず四九〇〇年へ旅したかれらは、それをはっきりと味わった。そして銀河系の人々の敵意と恨みに対するショックは、かれらの心に石のように重くのしかかっていた。

サトー・チームはこの日、この困難な時代にひと筋の希望の光をあたえてくれた。

「すくなくともきみはこうして回復した」ブリーは満足そうだ。「《バジス》はまもなくもとの姿にもどってあらたに輝き出すだろう」

「そううまくいくでしょうか」チューブは自信なげだ。「ミスタ・ブル、わたしはどちらの考えにも賛成できません。ネーサンがプログラミングした障害は解消しました。巨大カタストロフィの影響もとりのぞかれました。それなのに、わたしはまだ完全には機能していません。わたしはある種の……そうですね〝曇り〟に悩まされつづけています。バイオニック・コンポーネントやシントロニック・コンポーネント、そしてそれらの接続も、長期にわたる損傷の影響を受けています。これもとりのぞく必要があるでしょう。さらに、四四八年以前のことはいくつかの断片をのぞいておぼえていないんです。わたしのシステムに、人類に関する記録はありません。それがどこへ行ってしまったのかもわかりません。過去のこの部分についてわたしがこれまで話してきたことは、すべてほかの記憶のなかにこびりついた断片で、すべてを自分でコントロールすることはできませんでした。ですからみなさんにお願いします。ハロルド・ナイマンを新船長として《バジス》に乗船させ、わたしを使用するようにしてください!」

「いずれはそうしよう。いま《カシオペア》は瓦礫の墓場にはいないからな」と、ローダン。「ひとつ質問がある、ハミラー。ホルトの聖櫃《せいひつ》はどうなった?」

「その所在については知りません」

「本当にきみの内部に記録されていないのか?」

「わたしを信用していませんね。けれどもあなたが自分の目でたしかめる機会がいずれあるでしょう。最終的にはわたしの修理が必要です。すべての領域を自分で修理できるわけではありませんから」

「それはつまり……」と、ローダンがいいかけたところを、チューブがさえぎった。

「言葉どおりです。修理チームが入れるよう自分を開きます！」

突然ホールにひろがった興奮したざわめきが、すべてを物語っていた。何世紀ものあいだ、その存在と内部を秘密にしてきた謎に満ちた箱、ハミラー・チューブが、だれかをなかに入れる意思を表明したのだ。

6

警報！

船内にサイレンが鳴り響く。いたるところで乗員が持ち場に駆けつけた。音響フィールドを通して司令室からアナウンスが流れた。

「ローダンから全員へ」船でもっとも重要な人物の声が聞こえた。「カルタン人が旧船首セクターのパーツを攻撃している。《モノセロス》はすでに現場にいる。全員、持ち場に着け。この件に介入する！」

だれもいない通廊のどこかに、セランを着たグッキーが実体化した。ヘルメットを折り返して背中の収納部にたたみこむと、目を輝かせてあたりを見まわした。それから気楽なようすで通廊を進み、反重力シャフトで司令室まで上昇した。そこには、自分を待ちかねている人がいるのだ。

「やあ、きたよ」入ってくるなり、全員の視線がグッキーに集まった。「どうしたんだい？」

「あっちはどうだったんだ？　カラポン人のシュプールは見つけられなかったのか！」と、レジナルド・ブル。「それ以外のことはなんでもできるのにな！」

グッキーはわざと聞こえないふりをした。船が実際の戦闘エリアからまだかなりはなれていて、目的地に着くまでに《バジス》のパーツの群れとほかの船の残骸のあいだを縫うように進む必要があることは、とっくに確認がすんでいた。それから、アッタヴェンノクのほうを向いた。

「わかるかい、ベオドゥ、すべてが夢のように思えるときがあるんだ」グッキーは真顔だ。「みんなシュプールのことしか話さない。たしかに、そこいらじゅうにシュプールはあるさ。このあたりで見つけた、ありとあらゆる種類のカルタン人のシュプールの数といったら、想像もつかないだろうさ。ほんとにもう、ちょっと息抜きできる場所さえないんだぜ。ほんとにぼかあトラムプがなつかしくてしょうがないよ。そこがどんなとこか、きみが知ってるといいんだけどさ！」

グッキーのいうことは、ベオドゥにもだいたいわかった。銀河系の過去のさまざまな事柄や、グッキーやテラナーについて、多くの資料を読みこんでいたから。けれども、ぜんぶ理解できたわけではない。グッキーの皮肉もぴんとこなかった。難解でひねりのあるユーモアを知ったのはごく最近だからだ。グッキーはかれの思考を知って憤慨し、一本牙を見せた。

「きみはぼくのいったことをわかっていないね。ほんとにぼくの絶頂期を知らないんだから！」

「グッキーのそばにずっといるなんて、ベオドゥには耐えられなかっただろうな」ペリー・ローダンは笑い飛ばした。さっきから少々ぼんやりしているコヴァル・インガードが、司令室を横切ってグッキーの前に立った。

「もし状況が違ったら、行軍用の食糧にぴったりだったのに」響きわたる声でそういうと、グッキーの肩を乱暴にたたいた。グッキーは念動力で一撃を防ぎ、ケガはなかった。すくなくとも本人の弁では。さらに、ブリーが文句をいった。

「見たか？　インガードは床に立っているぞ！　どうしてわたしだけ、なにかというと無重力なんとかで……ほらなんだっけ？」

「無重力サンドバッグといいたかったのね？」エイレーネはこの上なく無邪気な表情で訊いた。ブリーは髭《ひげ》がないことにぶつぶつ不満を漏らし、前のように髭があればなと思ったが、すぐ真顔になった。《リブラ》と《モノセロス》が敵との接触を報告してきたのだ。《シマロン》の位置探知が反応し、瓦礫エリア内で数キロメートル範囲で砲撃されていることをしめしていた。カルタン人は高度に発達した位置探知フィールドに守られて航行していたため、ほとんど攻撃不能だった。銀河系船団とその搭載艇が放った砲撃のほとんどは、どこにも着弾しなかった。漠然とした測位エコーを獲得するためには、戦闘距離を大幅にちぢめなければならない。

《シマロン》は戦闘に介入し、バリアに守られながら敵を見つけだそうとした。《シマロン》が敵を識別できるのは、敵が砲撃してくるときのエネルギー・エコーだけだ。しばらくのあいだ、このようなばかげたやり方ではげしい戦いがつづいた。《バジス》のパーツも巻き添えになった。そのなかには銀河系船団の三隻が発射した流れ弾が命中したものもあった。

ローダンはほかの二隻の船長と画像通信をつないだ。

「これではどうしようもない。この状況でゲリラ戦に勝つのは不可能だ。なにかべつの方法を考えなければ」

「なにか案はあるのかい？」と、グッキーがたずねた。

ローダンはうなずくと、自分の思考を読んでくれと目で伝えた。グッキーがそのとおりにすると、さまざまな考えが見つかった。一本牙が司令室の照明のなかで輝いた。自分用の特製セランに命令を出した。ヘルメットが自動的に閉じてロックされた。

「ぼくはみんなが知らないことを知っているよ」ネズミ＝ビーバーはそういうと姿を消した。

＊

カラポン人は全力で攻撃してきた。かれらは手柄を立てようと必死で、おのれの安全は二の次だった。破壊されたトリマランの四艇の搭載艇は対探知システムに保護されながら航行していたが、操縦士たちはバリアの周囲ではげしい爆発がくり返されることに驚いていた。爆発でちいさな構造亀裂が一艇あたり二個所、数秒間生じたことで、敵の攻撃精度が以前より向上していることにカラポン人は気づいた。自己探知の結果、船の外殻に発信器が見つかった。対探知システムを突破して敵にその位置がしめされていたのだ。

この時点でファング・トロクは計画した最初の位置に到達し、決めておいた信号を送信した。カラポン人は、いまや計画の成否を握るのは自分たちだと自覚した。多くの兵士が、かくれていた難破船付近の持ち場をはなれた。同時に二艇の搭載艇は、以前カルタン人が巨大宇宙船の組み立てを試みたために激戦がくりひろげられたパーツまで後退した。

搭載艇四艇の操縦士は、兵士を艇の外に出して表面をくまなく探させた。敵はかれらをあざむき、艇の外殻に発信器をとりつけることで対探知システムを回避したり解除したりしていたので、それをとりはずす必要があったのだ。

二艇ではうまくいった。だがあとの二艇は間に合わなかった。戦闘に巻きこまれて破壊された。かれらは敵を阻止しようと、持てる力をすべて投入し、全力でテラナーに立ち向かった。

二艇の搭載艇はポイント・ゼロ近くに達したところで《リブラ》と二艇のロボット艇に両側から追い詰められた。

カラポン帝国の兵士たちは、わが身をかえりみず戦った。ファング・トロクのために戦った。危険な発信器にたいしては勝ち目がないことはわかっていたが、皇帝のため、ファング・トロクは安全なかくれ場兵士たちが敵を攪乱《かくらん》し、壮烈な最期を遂げるのを、ファング・トロクは安全なかくれ場から目を輝かせて見守っていた。二艇の搭載艇が消滅してエネルギーが噴出するさなか、チェン・イ・ターは広範囲に分散している仲間にあらたなポジションを探すよう信号を送った。

VEI－CHAを着用した数十人の単独の戦士が戦闘に介入した。かれらの防護服は短距離からしか探知できないので、カラポンの英雄たちは、強力な防御バリアを持たないテラナーのロボット艇をすべて排除することに成功した。VEI－CHAを検知すると瞬時に自動装置が反応したが、どの艇でも数人の戦士が攻撃をくぐり抜けて任務を完遂した。

ファング・トロクはちいさな声で賛歌を歌った。爆発する宇宙艇とともに諸行無常の道を進んだ兵士たちのために。

ほどなくして、指揮官はわずかな変化に気づいた。発信器をとりはずせた二艇の搭載艇は、難破船と三隻のテラナー船にかこまれた空間にいた。船は宇宙艇付近で三角形にならび、明滅する光信号で位置を確認していた。

一艇の搭載艇に二隻の船の大砲が命中し、爆発して火の玉となった。最後の一艇は前方に逃げて攻撃をつづけた。《シマロン》という名の船が飛来し、全砲門からいっせいに砲撃した。せまい空間で操縦するため、エネルギーがエンジンに集中され、必然的にバリアと対探知システムは一時的におろそかになった。

ファング・トロクもそれを見て、英雄たちが勇敢にもみずからを犠牲にしてほかの戦士を有利な状況に導いていることを知った。

チェン・イ・ターは、テラナーとの戦いですみやかに勝利するという望みはとっくに捨てていた。刻々と無益な戦いになっていくことを、直視する必要もない。いまこの瞬間なら、撤退を命じて数人の部下の命を救う機会はまだのこされているのに、そうはしなかった。自分の立場を裏切るようなことは許されなかったからだ。そして、この一か八かの勝負のために自分が選んだ仲間たちを裏切ることもできなかった。かれらは隊に属する専門家で、大きく損傷したパーツのコンピュータをあつかう作業も行なっていた。そのパーツは今回の戦闘でさらに損傷したが、どうすることもできない。

四艇目の宇宙艇も消滅した。《シマロン》に突撃しようとして、バリアに触れる直前に破裂したのだ。

これで終わりだ、とファング・トロクは思った。テラナーはこれですべて終わったと考えるだろう。

かれはかくれ場をはなれ、大量のエネルギー・エコーにまぎれて次の位置に向かった。あとすこしで目標に到達する。数多くの犠牲をはらって達成したものをあやうくするわけにはいかなかった。安全策として通信機のスイッチを完全に切り、自分のVEI－CHAは対探知システムをのぞく全エネルギーを最小にした。

カラポン人、ファング・トロクの目標はもうすぐそこだ。

＊

いつもの習慣に反して、グッキーはその日の英雄として自分を祝福させなかった。それはさておき、戦闘は船内時間の夜間に行なわれ、すでに十一月十六日になっていた。状況確認の結果、負傷者や死亡者はなく、失われたのはロボット制御の資材だけだった。

こうしてカラポン人の脅威は完全にとりのぞかれた。敵は最後のひとりまで戦って全滅したことはまちがいない。

各船のギャラクティカーはこの戦闘結果にかならずしも満足していなかった。もっとも、かれらにべつの方策があったわけではない。ふるさとにもどってすぐサショイ帝国のカルタン人と接触したことで、好戦的なハンガイ銀河の後継帝国から問題が降りかかってくると確信するようになった。IQハンターであろうとほかの戦士であろうと、かれらとはうまくやっていけないという話が三隻の船内じゅうでささやかれていた。今回はほかの二隻の船長は出席しておらず、ヴィデオ通信で参加した。《シマロン》の司令室で話し合いがもたれた。

ローダンはこの遠征隊のリーダーとして、サトー・チームが突きとめた成果について手短かに説明した。

瓦礫の墓場に平穏がもどったいま、ハミラー・チューブを完全に修理するときがきた。ローダンは、期待しすぎないようにと科学者たちに警告したが、すくなくともチューブの秘密をわずかでも知ることができると楽観していた。

シントロン装置のバイオニック部分は天才科学者ペイン・ハミラーの頭脳なのか、あるいはバイオプラズマの塊りにすぎないのか？　修理が必要となった接続部には、どのような障害があったのか？　ハミラーは《バジス》を一元化するチャンスをどう見ていたのか？

関係者全員が神経質になる問題ばかりだ。

人々の視線がアンブッシュ・サトーに集まったが、かれは無言のまま、まるでかれらが存在しないかのように彼方を見つめていた。

7

　黙ったまま、ふたりは銀色の壁の前に立っていた。壁の左手前側の一部が開いている。それがどのように開いたのか、ふたりは見ていない。ホールに入ったとき、ハミラー・チューブはすでにそのプロセスを終えていたからだ。幅一・五メートルにわたって最上部まで壁が消えていた。横にスライドしたのか、あるいはもしかしたら転送されたのか。以前はそこに継ぎ目も合わせ目もなかった。エンザ・マンスールとノックス・カントルが前へ進み出ると、完全に滑らかに切りはなされた壁しか見えなかった。

「どうぞ、入ってください」シントロニクスが告げた。「質問をどうぞ。どんなことでも答えましょう！」

「本当にどんなことでも？」

「ミスタ・カントル、わたしたちはそれを望んでいるのでは？」ハミラーは陽気に答えた。「わたしはあなたと、あなたの仲間全員を必要としています。この仕事を危険にさらすようなことはしません！」

「わたしたちもよ」と、エンザ・マンスール。彼女は自分のパートナーを前に押し出した。「さあ、やって！　時間がないの！」

ノックスはにやりと笑うと、胸のサーチライトを点灯した。ハミラー・チューブの内部に光が降り注いだ。ノックスは、入口に横たわるように道をふさぐ器具がいくつもあることに気づいた。

「ミルナ、測定器の結果は？」

サイバネティカーのミルナ・メティアが、装置をのせた反重力プラットフォームを押して、センサーをチューブの内部に向けた。複数の画面に入口付近のエネルギー・プロセスが表示された。べつの技術者がハミラーの全活動の全体像をしめしたが、低レベルで安定している。

「危険はないようね」と、エンザが確認した。「入っても安全よ！」

ノックス・カントルはまだ安全だとは信じていなかった。周囲を見まわすとベアゾット＝ポールが反重力プラットフォームに腰かけて足をぶらぶらさせている。

「おい、シガ星人」ノックスは小声で話しかけた。「耳栓ははずしていいよ。プラットフォームを使わせてくれ」

ベアゾット＝ポールははげしく首を振ると、関心がなさそうに天井を見あげた。

「ミスタ・ポール、それは失礼ですよ。わけもなくふてくされていますね」ハミラーが口をはさんだ。「もうなんの危険もなしにわたしのなかへ侵入できるんですから、そんなふくれっ面をしないでください。おぼえていますか？　あなたは自己責任でクリスタル用の開口部を使いました。そのあとで、自分がまともな文を話すことができないほど精神不安定になったのはなぜだろうと不思議だったでしょう。あなたはクリスタルから情報が呼び出されるさいに生じるエネルギー流の犠牲になったのです。くわえて、クリスタルの自己エネルギーの影響もありました。あなたはそのことをあらかじめ知っておくべきでした。ですから、起こったことをわたしのせいにしないでください。もちろん、いまのわたしなら違う対応をするだろうし、入ってこないようにしたでしょう。ほら、記憶クリスタル用の開口部にあなたが立ち入ったときの話ですよ！」

　ベアゾット＝ポールは返事をしなかった。相《あ》いかわらず天井を見あげているので、ノックスは肩をすくめてアンソア・リスのほうを向いた。

「反重力ベルトをくれ」アンティは仲間が持ってきたコンテナを引っかきまわした。ベルトを受けとると、ノックスはそれを腰に巻いた。エンザのほうを向き、

「わたしに近づかないように」と、告げた。「心の安定が必要なんだ」

　エンザの目が光った。ノックスのまなざしに耐えようとした。数秒後、彼女は目を伏せて開口部を指さした。

「さあ入って、相棒。きょうはいっしょに楽しくすごせそうね！」

ノックスはベルトのバックルにある制御装置を操作した。そのからだはゆっくり床からはなれ、チューブから十センチメートルほど浮きあがった。ベルトを調節し、空中でからだを横にした。飛行船ツェッペリンのように開口部に滑りこむと、膝から下だけ外に突き出した。

「その調子です」と、ハミラーが声をかけた。

ノックス・カントルはサーチライトをあてながら周囲を見まわしはじめた。光がとどく範囲でチューブ内部を見わたした。シントロン・フィールド・プロジェクターが配置されているようすと、そのあいだにあるバイオニック構成ファクターの球体が確認できた。そこで見つけたのは、以前からの推測を裏づけるものだった。その構造は古く、初期の大型ポジトロン・システムに非常によく似ていた。ハミラーはシントロン装置に切り替えられたときに構造的実体部分の多くをそのまま継承していた。いまはこんなシントロニクス・モデルは使われていない。もうすこし効率のいい構成と比べると消費エネルギーが多かったからだ。その事実は、ハミラー・チューブが独立性をたもつために蓄積されたエネルギーがどれほど無尽蔵だったかを証明していた。

ノックスはエネルギー・タンクを探したが見つからない。

「もっと光が必要だ。飛行サーチライトをよこしてくれ！」

「すこしスペースをあけてくれない？」エンザが答えた。「自分も入りたいという人が

三、四人いるのよ！」
「必要ならいいよ！」

　ノックスはチューブの前面と平行になるように右へ動いた。ときどき耳のなかでぱちぱち音がして、髪が静電気を帯びて四方八方に逆立った。箱の内部で後続しようとしている仲間にも伝えた。

「きみが髪形をセットしてないといいんだけどね」と、ノックスはエンザにいった。

「まったくむだになるから」

「髪形なんてどうでもいいでしょう！　もともと無頓着だから」

「そうだな」ノックスは笑った。「ハミラーにきみの髪形をなおしてもらえるかもしれないな。人生初なんじゃないか！」

　かれの言葉がところどころ不明瞭になった。耳の奥に圧迫を感じて進むのをとめた。そして仲間にも知らせた。

「あなたがいるところは障害の位置と一致しています」と、ハミラーが告げた。内部にいても、ハミラーの声は外と同じようにはっきり聞こえた。違うのはあらゆる方向から聞こえることだ。

　ノックスは試験装置を要求した。エンザが手わたすと、目の前に宙づりにしてエネルギー流を測定した。

「障害がある個所についてもうすこし正確に説明してくれ、ハミラー」

ハミラーはデータをいくつかしめすと、ノックスはそれを使って数あるプロジェクターのなかから該当するふたつを見つけだした。その場所で、試験装置ははげしく反応した。

「ハミラー、どの調整装置を使えばいいかな?」

「プロジェクターは62-12ダーガート型のものです。《シマロン》搭載の機器があるはずです」

アンティはいくつかダーガートを携帯していた。それを手から手へとわたしていった。ノックスは二個受けとり、二台のプロジェクターの中心水平線から水平角四十五度、垂直角六十度の位置に設置した。装置のコンピュータが内蔵された反重力を同期させ、ダーガートを正確に千分の一ミリという位置に持ってきた。すると装置が反応した。

ミルナ・メティアが、外部へのデータ送信は良好だと確認した。

「わたしを信用してください、マダム」ハミラー・チューブは不平をもらした。「作業を円滑に進めるためならなんでもしますから」

それについてはもうだれもが納得していた。

ノックスは二台のプロジェクター間の障害を処理しはじめた。生成されたフィールドを数え、ひとつの奇数に行き着いた。

「まちがいを見つけたぞ。もう数分待ってくれ」

かれは水平の設定を変えながら測定をくり返した。そして、なにが起こっているのかを正確に知っているはずのハミラーと話し合いながら進めた。ハミラーはまた、ノックス・カントルがプロジェクション・フィールドのあいだで動いた正確な回数も確認した。フィールドがひとつ多いことがわかり、本来の問題は解決した。それ以外は技術的なことで、サイバネティカーや技術者にまかせておけばよかった。ノックスは二台のプロジェクターに結果を記載して印をつけ、次に進んだ。最初はチューブの外側、前壁近くにとどまっていた。装置と装置のあいだを通り抜けるために何度かからだをくねらせる必要があった。いちばん前の右端で立ちどまった。

ノックスは方位測定を行なった。ななめ上になにかを発見して測定が必要になったのだ。スキャナーを切り替えてマイクロ波探知機にしたり、エコー・ロケーションにしたりして音響定位を実行した。つづいてエネルギー・スキャンに切り替えた。そのときかれの仮説が確信に変わった。エネルギーの点でチューブは箱の測定を超えている個所があったが、たいした意味があるともいえない。パルスの送信エラーかもしれないからだ。

ノックスは黙りこんだ。自分の発見をその目でたしかめようと上へ登った。床から一メートルの高さでとまり、一瞬、息をとめた。ネジ山のように湾曲した螺旋がちいさな台座からはじまって中心虚点に向かっていくのが見え、その数センチメートル手前で先端がきわめて細くなって終わっている。それはハイパーエネルギー性トランスポンダーで、どんなシントロニクスにも存在しないものだった。

「ハミラー」ノックスは驚いて訊いた。「この装置はどこからきたんだ?」

「手を触れないでください。命の危険があります!」チューブは質問に答えるかわりに警告した。

シナジー・ペアのかたわれは自分の観察したことを伝えた。アンブッシュ・サトーからはその物体をくわしく観察するよう指示がきた。ノックスはエンザを呼んだ。

「見てくれ」と、ふたつのランプを照らしながら説明した。「これは危険だ。トランスポンダーに強烈な散乱放射がある。なにか測定できるか?」

「なにも測れないわ、ノックス。どうしてそんなことを訊くの? 子供にだってこの構造がふつうじゃないことがわかるわ」

「ばかにするな。それがどういうものか知りたいだけだ。ハイパー・プロジェクターではない。トランスポンダーにちがいない。なにを転位するんだ?」

「ハイパーエネルギーよ」

「なんのために?」

「その一覧を見る必要があるわ!」

エンザは蛇のようにくねってその場をはなれ、ぶつからないように背後へと消えていった。ノックスはそれをじっと見送った。それから、チューブの中心で動くちいさな光の点を見つけて驚いた。

「ベアゾット＝ポール？」信じられないという声でたずねた。

シガ星人は自分が大胆にも虎穴に入ったことを思い知った。ノックスはかれの驚きの声を聞いた。

「ここにとても奇妙なものがあります。なんてことだ。これはなんだろう？」

ノックスはトランスポンダーのことは忘れ、機器や機械がもつれ合うように重なった迷路に集中した。ハミラーの機能を維持するためのフィールドをいくつか通ったが、そのたびに故障メッセージが表示された。

「心配するな」ノックスの声が響きわたった。シガ星人のちっぽけなサーチライトが見えたので、それで自分の位置を確認した。ちいさな人影を見つけたとき、エンザも追いついていた。

三人は、後壁の前で床の中央に横たわる、なんの機能もないように見える立方体を観察した。壁に固定されているのか、床に固定されているのか、見わけがつかない。ノックスはそれにスキャナーを向けた。外観は金属のようで、光の入射角によって七色に輝いた。一辺の長さは八十三センチメートル、表面は完璧な平面で滑らかだった。接続部も接合部もない。チューブ内のほかのプロジェクターとは異なり、作動音や異音などはいっさい聞こえない。

「ハミラー、この立方体の機能は?」ノックスとエンザが同時に訊いた。

「すみません。わたしには説明できません。それについてはなにも知らないんです!」

「チューブは真っ赤なうそをついてますね」ベアゾット＝ポールは断言した。

「かならずしもそうとはいえません!」かれらはびっくりして、機器のせまい隙間で動ける範囲で振り返った。いつのまにか、アンブッシュ・サトーがかれらの隣りに立っていた。「われわれは非常に重要なことを発見したようです。ハミラー、この立方体を開いてくれませんか?」

「できません!」

ノックスは超現実学者がすでに自分たちより一歩先を考えていることに気づいた。

「これはなんだ?」と、小声で訊いた。すこし前へ進むと、立方体に向かって手を伸ばした。不思議にも皮膚が焼けつくように痛みだし、ノックスは手を引っこめた。ところがなぜか腕が前へ飛び出し、手が立方体に触れてしまった。

ノックス・カントルは急にパニックにおちいった。もはや自分がどこにいるのかもわからない。自分が何者で、ここでなにをしようとしていたのかもわからなくなっていた。危険が近づいていると感じ、一刻も早くそれを回避したくてしかたない。仰向けになって逃げようとした。エンザの腕に抱きとめられ、意識がはっきりするまでの数秒間、まったくの無表情で彼女にしがみついていた。それから、あわてて報告した。

「三十センチメートル以内に近づかないで。そうすればなにも起こらない」

ノックスがアンブッシュ・サトーを見た。測定が終わったところで、首を振りながら結果をシナジー・ペアに見せた。

「活動の兆候はありませんね。この立方体の放射はほぼゼロです。心臓はしっかりと守られています」

「これが……えっ？」エンザはびっくりした。

サトーは、ときおりエンザを混乱させる、謎に満ちた笑みを浮かべた。そして立方体のほうを見て、

「これがハミラーの心臓です」と、しずかに告げた。

＊

この発見の知らせは野火のように船内にひろがったが、サトー・チームが気にとめるようすはなかった。かれらが立方体のそばにいたのは一時間にも満たなかった。そのあとで行なわれたチューブ内見学のときはもっと時間があった。やってきたのはグッキーとペリー・ローダン、レジナルド・ブルだけだった。立方体を一瞥すると、チューブ内部を子細に観察した。それから、ひとことの感想もなくいなくなった。

アンブッシュ・サトーはかんたんな実験を行なった。用意してきたちいさな金属製の物体を立方体に向かって投げた。物体は目には見えない三十センチメートル限界線を超えた。約二十センチメートルのところで明るく輝き、粉々に破壊された。

「見たでしょう」超現実学者はそういってエンザとノックスをまじまじと見た。「あとは、あなたたちとサイバネティカーしだいです！」

かれらはあわててうなずいた。内心では、チューブの内部に入れても、その本当の秘密を知ることはできないという事実を受け入れがたいと感じていた。

かれらは仕事にとりかかった。すべての障害を突きとめるのに三日かかった。それから、エンザとノックスの本来の仕事がはじまった。目標に手がとどくまでシナジー能力を使って分析し、対話しながらテーゼとアンチテーゼを導き出す必要があった。大きな問題がふたつ明らかになった。ひとつはプロジェクター間の障害、もうひとつはメモリーフィールドのオーヴァラップだ。くわえて、トランスポンダーの不確定な影響もあった。それに関してはシナジー・ペアが独自理論を考え出した。これらの機器はハミラーがまだポジトロン・システムで作動していた時代のものにちがいない。その当時ハミラーにはすでにハイパーエネルギー装置をそなえていたし、それらは当時の《バジス》の科学者によって理論的に裏づけられていた。

三日めの夕方、調整作業が完了した。診断後、サイバネティカーとシントロニカーがプロジェクターを再調整し、ほかのすべてのエネルギー・プロセスを正常化しても、なんの問題も生じなかった。そのあとに変更が発生することはもうなかった。ハミラーの保護措置は周知のとおり非常によく機能するからだ。

最後にチューブをあとにしたのはエンザとノックスだった。ふたりは荷物をまとめ、待機していた。ほかの科学者もいっしょだ。

「まだなにかあるんでしょうか？」ハミラーがたずねた。「たりないものがありますか？」

「われわれがなにを待っているか、あなたはよく知っているはずです」アンブッシュ・サトーは礼儀正しくそういうと、チューブに向かって頭をさげた。

ハミラーは笑った。

「みなさん、ありがとうございました。わたしは回復してまた完全に稼働するようになりました。ただひとつの例外は、人類に関する知識が欠如していることです！」

「それについてはわれわれが力になれると思うよ」と、ベアゾット＝ポールが答えた。

「《シマロン》がなにもかも知っているからね！」

かれはそういってハミラー・チューブを怒らせようとしたが、無視された。

待てど暮らせど、なにも起こらない。ハミラーはかたくなに拒んだ。科学者たちはとうとう、チューブの開口部が閉じられる光景を目撃することなく去っていった。最後のひとりと入れ替わりにサトーがホールにもどってきたが、間に合わなかった。もうひとつの秘密を守ったまま、ハミラーが開口部を閉めたあとだった。

＊

船内カレンダーには、ハミラー・チューブが完全稼働を開始したのは十一月二十日と記されていた。チューブは瓦礫エリアにあるすべてのパーツにシントロン検査を実施した。そのために《シマロン》のシントロニクス結合体を接続し、状況を報告した。その内部でカラポン人との交戦があったパーツは損傷がはげしく、事前に大規模な修理を実施しなければ《バジス》船体に再結合することはできなかった。人類と銀河系についての知識が保存された記憶装置は、どのパーツでも見つからなかった。おそらくカラポン帝国のカルタン人と戦ったときに破壊されたシントロンの記憶装置だったのだろう。

人類に関する知識が欠けていても、それはたいした問題ではなかった。ローダンはNGZ四四八年以前の時代のデータを使用可能なものはすべてハミラーに送るよう《シマロン》のシントロニクス結合体に指示し、チューブはふたたび完全なプログラムを使えるようになった。

ハミラーは《シマロン》の司令室と直接接続し、「わたしが完成したことをお知らせします」と、告げた。「《バジス》の組み立てをただちに開始できます！」

「それはよかった、ペイン」ローダンが答えた。これでようやく、ハミラーの回復に携わったすべての人々と握手を交わし、感謝の意をあらわす時間がとれた。最後に会ったのはアンブッシュ・サトーだ。超現実学者は顔色ひとつ変えない。ローダンはその肩に手を置き、

「どうやって超現実をつくったのか、そしてそれをどこから手に入れたのか、わたしは訊かないよ」と、いった。「自分だけの秘密にしておきたいだろうから。ちがうか？」

ハミラーの治療にまつわる出来ごとはすべて記録されていて、いまでは乗員もそれを見る機会が充分ある。

「よくご存じですね」サトーは短く答えた。「では、これで失礼します。やらなければならないことがあるので。ハミラーとすこし話そうと思います。ホールでひとりぼっちでは、さみしいにちがいありません」

「そのとおりです」船内通信を耳にしたチューブが相づちを打った。「とくに、正真正銘の《バジス》船長が到着しないかぎりわたしは孤独です。ハロルド・ナイマンのことですよ！」

「そうか、そうか、わかったよ、ハミラー！」グッキーが叫んだ。「ぼくらは知ってるよ……」

ローダンは、ネズミ＝ビーバーが身をすくませて目を閉じるようすを見ていた。それ

はまぎれもなく、なにか精神領域で起きていることを察知したという兆候だった。

ローダンは、グッキーがふたたび目を開けるまで辛抱強く待った。いつになく真剣な表情をしている。

「メンタル・インパルスをキャッチしたよ。何百人もの乗員の思考が行き交ってるから、発見するのも位置を特定するのもむずかしかったけどね。だれかが、あらゆる困難をものともせず目標を達成したことに勝利のよろこびを感じている。このインパルスはちょっとめずらしい。どうかな、カラポン人だと思うかい、ペリー？」

「そうかもしれないな、ちび。だが、意識がひとつしかないとはどういうことだ？　カルタン人もたったひとりでわれわれを阻止することはできないぞ。安心して《バジス》の組み立てをはじめよう！」

《バジス》復活！

アルント・エルマー

1

一体全体、彼女はどこにいるのだ？　船内を探しまわって二時間。いまのところなんの手がかりもない。シントロニクス結合体から情報を得られないのはしかたない。乗員のプライバシーを守り、当人が助けを必要としていると確認できるまでは、その意志を尊重するようプログラムされているからだ。

だが、なにかがおかしい。緊急事態でないなら、突然失踪したのは彼女の心理状態となにか関係があるのではないかとノックス・カントルは感じていた。

ノックスは化学部門をのぞいた。大勢の技師が器具を観察したり、メモをとったりしている。そのなかのひとりが物音に気づいて振り返った。

「だれかエンザを見かけなかったか？」と、ノックスが訊いた。「エンザ・マンスールだ」

技師は首を振り、額にしわをよせた。

「待って」出ていこうとするノックスを呼びとめた。「宇宙生物学者のひとりに聞いたんだが、彼女はその学者やほかの人を見かけて、逃げたらしいよ」

ノックスの表情がこわばった。

「ありがとう！」そういうと急いで出ていった。通廊を走ってもよりのテレカム・ステーションにたどり着くと司令室とつないだ。

「こちらはカントル」画面のラランド・ミシュコムにせっついた。「大至急情報がほしい。エンザが姿を消した。逃げだしたんだ。どこにいるのか、シントロニクス結合体に探させてくれ！」

「了解よ、ノックス！」

女テラナーの顔が消え、しばらくして船内システムからシントロン・システムの合成音声が聞こえてきた。

「ノックス・カントル、あなたはさきほどお知らせした情報を誤解しています。わたしは本当にエンザの居場所を知りません。彼女はわたしが直接アクセスできない場所にいるはずです！」

「そんな場所がどこにある！」カントルは納得しない。「わたしをだまそうとしても、そうは……」

なにか思いついたらしく、言葉がとぎれた。テレカムをオフにするセンサーに手を伸ばした。

「ありがとう」急いでそういうと、スイッチを切った。

一瞬立ちどまって深呼吸する。スピーカーからメッセージが聞こえてきた。それには特務グループに関するデータもふくまれており、ノックス・カントルはそのときがきたことを悟った。大プロジェクトがはじまるのだ。《シマロン》の日常的な忙しさやあわただしさはこの数日でさらに加速し、同時にハミラー・チューブは引っ越し先でますます口数がすくなくなっていた。ノックスは、彼女がアンブッシュ・サトーといっしょなのか、サトーにも秘密にしているのかさえわからなかった。

しかもチューブは完全復旧していて、邪心を持っているとは思えない。

ブーツの足音でノックスはわれに返った。振り向いてわきへより、一団を通してやった。セランを着た男女の顔には決意の表情が浮かんでいる。

「ちょっと待ってくれ！」ノックスが呼びとめた。「エンザを見なかったか？」

「エンザとはだれだね？」と、ひとりが訊いた。全員が首を横に振ったが、そのなかにはエンザを知っているはずの者もいた。ノックスが知るかぎり、そのなかのすくなくともふたりはエンザと関わりがあった。

「エンザ・マンスール、シナジー・ペアのかたわれだ」声が大きくなった。

だが返事はない。天井のどこかにちいさなエネルギー・フィールドのかたちで吊りさげられたスピーカーから聞こえるアナウンスで、かれらは走り去った。

ノックスはぶつぶついいながらそのまま歩きつづけた。いちばん近い反重力シャフトを探し、船の中央部に部品庫やリサイクル施設がある最下層までおりていった。合計で八つある《シマロン》のシントロン・システムがコントロールを失ったとは考えにくいが、いつもそこにある小部屋のことを思い出したのだ。そのキャビンは、船にとってはなんの意味もなかった。ただそこにあるというだけで、捜索するには充分な理由だ。

ノックスはエンザのことをよくわかっていた。ふたりはこれまでシナジーというパラノーマル能力を駆使してきた。それはある種、有機コンピュータとコントラ・コンピュータのコンビのようなものだ。もっとも、ふたりの脳がふつうの人間と同じように機能するという制約はあったが。いっしょにテーゼとアンチテーゼを分析し、異なる見解や理論を比較する共同作業を行なうことで成功をおさめた。ストリクターをエネルプシ船に対する効果的な武器に変えることができたのは、このふたりだけだった。またハミラー・チューブを修復し、銀色の箱におさめられたシントロン・システムを正常にもどす手助けをした。もちろん、アンブッシュ・サトーの傑出した能力があってこそだが、さすがのサトーもふたりの助けがなければこれほど短期間に目標を達成できなかっただろう。

ノックス・カントルは反重力シャフトで底部にたどり着いた。すばやく方向を確認すると、船尾に向かう通廊を選んだ。すべてのキャビンに入り、小部屋もひとつのこらず調べた。そしてとぎれることなく彼女の名前を呼びつづけた。からっぽのキャビンも子《し》細《さい》に見て、棚の裏側まで引っかきまわした。それでも彼女は見つからない。カントルはだんだん腹がたってきた。さらに一時間以上は捜索し、怒りはやがて心配に変わっていった。

なんということだ、とひとりごちた。まったく、ついてないな。かれの心配は、不安とおびえに変わっていった。ふと、グッキーが十日前にキャッチした異人の思考のことを思い出した。エンザはカラポン人に誘拐されたのだろうか？

そんなばかな！　異人がだれにも見つからずにこの船に侵入するなんてあり得ない！いまこそグッキーの助けが必要だったが、ネズミ＝ビーバーは船にいなかった。いまごろは瓦礫《がれき》の墓場のどこか、〝ケーキのひときれ〟と、呼ばれるアルファランドで、くつろいでいるのだろう。

その名前は、〝領主ハミラーがかつて占有していた場所〟のほうがぴったりなのではとノックスは考えた。アルファランドは、開始が告げられた作戦の拠点だ。ハミラーが《シマロン》の第三格納庫の区切られたホールから、かつて《バジス》司令室の横にあったホールへとうつされて十日がたっていた。チューブは八カ月のあいだ《シマロン》に置かれていたが、とうとう昔の自分に、つまり人類帝国の新時代に建造された最大の宇宙船のための制御シントロニクスに、もどるときがきたのだ。

　その重大性を考えると、乗員のうちのたったひとりが失踪したからといって、どんな意味があるのか？

《シマロン》の乗員たちには、エンザの捜索よりもするべきことがあった。

　ではノックスは？　そんなことを自分自身に問いかける必要すらなかった。エンザのことを気にかけるのは当然だと思っていた。クロノグラフは十一月三十日十四時を指している。エンザはまるで大地に飲みこまれてしまったようだ。

　ノックスは徐々に希望を失いはじめていた。

　それでも、三時間後には彼女を見つけた。かれが推測した方向は正しかったが、その場所は予想とは違っていた。船内に数十個所あり、カメラやシントロニクスの監視がないところは、トイレだ。そう考えたノックスが調べた六番めの女性用トイレで、彼女を発見した。ドアの鍵もかかっていなかった。床にうずくまり、こぶしを握りしめ、目をかたく閉じていた。顎を胸につけ、呼吸はとぎれとぎれだった。

「エンザ！」恐る恐る手を伸ばし、彼女のこぶしをつつみこんだ。ゆっくりと彼女の腕を引きよせ、そのからだをすこしまっすぐにした。

　それでも彼女は動かなかった。目は閉じたままだ。ただ、ノックスだということには気づいていた。その表情がゆるんで、握りしめていたこぶしが開いた。ノックスは隣りにすわって腕をまわし、抱きしめて温めた。エンザはかれによりかかり、その胸に顔を埋めた。ノックスは彼女の頬を優しくなで、忍耐強く待った。

しばらくするとエンザが目を開いた。

「あなたなのね」そういうとため息を洩らし、大粒の涙が頬を伝った。「わたしを見つけてくれた！」

「そうだよ。もう心配いらない。いったいなにが起こったんだ？」

「それを訊くの？」彼女はからだを起こし、ノックスを突き放した。「もしあなたが百人に追いかけられたらどうする？　あなたを祝福しようとして？　いったいなんのためなの、ノックス？」彼女は両脚を引きよせて立ちあがった。ゆっくりと、せまい個室を出て洗面所に向かった。「わたしは耐えられなかったの。しつこく追いかけまわされて。通廊を走ってあとをついてきたわ。それでここへ逃げこんだのよ！」

ノックスはその手をとってささやいた。

「よくわかるよ。でも、もう終わったんだ。最初の特務グループが向かっている。乗員にはきみを追いかけているひまはない！」

エンザはかれによりかかると、こんどは彼女のほうから腕をまわした。ノックスはそのからだを感じて無上のよろこびを味わった。指先で頬の涙の跡を拭《ぬぐ》い、頸筋を優しくなでた。彼女は驚いてかれを見つめ、それから目を輝かせた。エンザがほんの一瞬かれを引きよせ、唇がノックスの顎に触れた。そして抱擁を解いてからだをはなした。

「船内ではなにが起こっているの？」なにごともなかったかのようにエンザがたずねた。

ノックスは何度か唾《つば》を飲みこみ、おちつきをとりもどした。

「ハミラーがプログラムを開始したんだ」その声は冷静だった。「われわれは上層部とほかの三十五人とともにアルファランドに移動する。箱の近くにいられるようになるよ。引っ越しはすでにはじまっている！」

痩《や》せた女性の細い顔から、蠟のような蒼白さがすこし消えていた。エンザは短いくしゃくしゃの髪をなでつけた。

「わかった。時間をむだにしたくないわね。いっしょにくる？」

ノックスはうなずくと、彼女のあとについて通廊に出た。実際のところ、エンザの態度はいつもと変わらない、とかれは思った。とはいえ、違いもあった。彼女は「いっしょに行こう」と、要求したのではなく、「いっしょにくるか」と、訊いたのだ。彼女は意識的に高飛車な態度をやめていた。そのことに意味はないかもしれない。かれはエンザのことを知りつくしていたが、それでも違いに気づいたことが、内心では子供のようにうれしかった。

＊

ハミラー・チューブは長さ八メートル、高さ四メートルの銀色の壁だ。奥行きは三メートルあるかどうか、チューブがかつては《バジス》司令室に隣接していたホールの前壁に組みこまれているので特定できない。シントロニクスのエネルギーは自給自足で、引っ越しは問題なかった。

スイッチ装置はひとつのこらず起動され、アンブッシュ・サトーはハミラーが各特務グループと連絡をとり合っていることに、満足げな笑みを浮かべた。超現実学者が入ってくると、チューブは外部マイクロフォンをオンにした。

「こんにちは、サー。あなたを待っていました！」

「それはわたしにも想像がつきますよ。どんなようすですか？　進展はありましたか？」

「お願いです、ミスタ・サトー。期待しすぎないでください。《バジス》が六百九十四年ものあいだ分散化されていたことを忘れないでください。わたしたちは十万個もの個別パーツをあつかっているんです。位置探知を行ない、必要な通信ブリッジをつくるという問題があります」

「もちろんそうですね」サトーはうなずいた。「カラポン人をしめす兆候はありますか？」

「いいえ、まったくありません」

「では、これまでの努力の成果を見せてください！」

スクリーンが点灯し、チューブ左右の空間にふたつのホロドラマがあらわれた。アルファランドの周辺をふたつの異なる視点からうつしだしている。《シマロン》から送り出された複数の記録用探査機を使ってプロジェクションされていた。一方のプロジェクションは、〝ケーキのひときれ〟を正面から見た状態、つまり構造の一部が突出した状態になっていた。もう一方は、アルファランドを横から、《シマロン》といっしょに見る構図だった。《シマロン》はケーキのなめ上にあり、五キロメートルもはなれていない。背後には《バジス》のほかのパーツも確認できた。さまざまなかたちのパーツで、それがどこに属するのかはハミラー・チューブにしかわからない。

スクリーンには瓦礫の墓場の一部がうつしだされ、画面下にはコード番号がついている。

「まずY‐Z2‐700のパーツに注目してください」ハミラーが話しはじめた。「これはカラポン人との戦いで大きな被害を受けたパーツです。技術者が機器を持ちこんでスキャンしたところ、パーツの七十パーセントが破壊されたと判明しました。復元に必要なすべての措置はすでに講じました。けれども根本的な問題がひとつあります」

「わかっています」サトーがつぶやいた。「交換部品がないのですね！」

「三隻の部品庫と生産設備を調べたところ、この任務のための交換部品が不足していることがわかりました。専用に整備された《バジス》用施設は、《バジス》が部分的に復元されてからでないと使用できません。現時点では初期段階であり、いつそうなるかについてはまだいっさい報告できないことはご理解ください」

アンブッシュ・サトーは眉をひそめ、胸のところで火のように真っ赤な蛇が五匹絡み合った黄色いキモノのひろい袖に手をさし入れた。

「この問題は時間をかけないと解決できないでしょう」

「おっしゃるとおりです。まずはパーツの外形寸法を修正し、小規模のシステムを使って移動できるようにするつもりです」

「では本題にもどりましょうか、ハミラー。各パーツの難易度を数字でしめしてください！」

「わかりました。第四スクリーンの区域を見てください！」

スクリーンには瓦礫の集団がうつしだされた。そのうちの一ダースほどに、シントロニクスが赤い光でマークをつけていた。それ以外は黄色のマークだった。赤いマークは《バジス》とは無関係の異人船の残骸で、何世紀ものあいだに君主の領土に近づこうとして攻撃され、破壊されたものだった。黄色のマークは百個ほどあり、そのうちの七つが点滅しはじめていた。

「点滅しているパーツには反応がありません」チューブが説明をはじめた。「次に、この集合体は例外です。ここでは二十パーセント近くが故障しています。これらのパーツとは、エネルギーやシントロニクスで関係を確立することはできません。そこに組みこまれている要素は反応しません。どれも専門家による検査が必要ですし、大規模な修復が終わってからでしか、プログラムには入れられません。ミスタ・サトー、一元化プログラムを使ってざっと概算したところ、予定している位置に船の個別パーツを移動させる信号をわたしが送信する前に、壊れたパーツの七十パーセント以上を修復する必要があることがわかりました。十万個のパーツを考えた場合、まずはちいさな集合体を形成する場所、つまり各パーツを結合して大きなユニットを形成する場所として八千個所が必要です。この段階が完了してはじめて、《バジス》を実際に組み立てることができます。この時点でようやく、たりないパーツを統合し、破壊されたパーツを復元して挿入することなどが可能になります」

「すばらしい」アンブッシュ・サトーはほめたたえた。「わたしも同じようなことを考えていました。では、もしこれが不可能ならどうなりますか？」

「もしそうなったらすみません。その場合は《バジス》を一元化することはできません。すべてのパーツがそろい、それらがエネルギーと演算面でフルパワーを発揮できなければばなりませんから。これは前提条件です。ネーサンは知っていたはずです。分散化を命じたとき、ネーサンもこの困難を考慮に入れていたにちがいありません」

「ネーサンにとって《バジス》の復元が重要だった、あるいは重要だ、というのは、絶対確実なのですか？」サトーは疑問を口にした。「それに関して説明のつく手がかりをのこしていないのですか？　当時、ヴァリオ＝５００はそのことに言及しなかったのですか？」

「なにも、まったくなにもありません。それについてはなにもいわれていません。わたしがいままで説明したこと以外に、かくされた思惑などはありません」

シントロニクスは、当時のネーサンの命令と措置は、《バジス》とその重要な知識が異人の手に落ちないよう守るためだったと説明した。そういうわけで、人類に関する記憶装置がまだ見つかっておらず、カラポン人に破壊されたパーツの記憶装置にそれが統合されていたとしても不思議ではなかった。とはいえ、その証拠はまだない。

「該当するパーツの総数を教えてください」

「およそ七百個、正確には六百八十九個です。そのすべてを検査し、修理する必要があります。作業を迅速に進めるためには、利用できるすべてのロボットの指揮権と、瓦礫の墓場のすべての特務グループに指示をあたえる権限を、ミスタ・ローダンからわたしに委譲してもらわなければなりません」

「それについては問題はありません、ハミラー。わたしからペリーに話しておきます。作業は着実に進むでしょう。一刻も早く《バジス》の復元が完了することを、だれもが望んでいますから」

大々的に困難が生じるとはだれも考えていなかった。《バジス》のそれぞれのパーツには、重力力学にもとづいて動作する複数の小型エンジンが装備されており、三軸回転、前進、後退など、各パーツにあらゆる種類の操作が可能であることは常識だった。これらのエンジンは出力がちいさく、低速でしか操縦できないため、時間がかかった。墓場の瓦礫はすべて、引力の法則にしたがって次々とポイント・ゼロに近づき、おのずと組み立てプロセスを助けた。この小型エンジンは、重力蓄積型のマイクロ・ストレージからエネルギーをとりだしている。非常に安定していてエネルギー損失もちいさい。だが、ここでも一パーセント弱の故障率を想定する必要があった。

エネルギー供給はシントロン・システムに依存していた。各パーツには、ミニ、マイクロ、ピコ・レベルの小型コンピュータが多数装備されている。それらが正常に作動していなければ、各パーツのエンジンも制御できない。それぞれがたがいに影響し合っていた。ネットワークの中心にいるハミラー・チューブは、各設備を可能なかぎり起動させ、稼働させようとした。探知システムが証明したように、すでにいくつかのパーツでは成功していた。しかし、瓦礫の墓地の主要部分は、まだエネルギー的には死んだ構造物だった。

　アンブッシュ・サトーが不満げに訊いた。

「まだカラポン人のことが気がかりです、ハミラー。生きのこったカルタン人の居場所を突きとめる方法はないのですか？」

「ミスタ・サトー、どう考えてもそんな方法はありません。まだわたしを疑っていますか？　シントロンの内部監視は優先順位が低いのです。《バジス》の組み立てが完了してからでないと無理です。船首エリアから集中制御を行なう装置ですが、ここから二百メートルもはなれていないアルファランドのまんなかにあります。それを変更することはできません。それに、わたしは復元のことで頭がいっぱいです」

「ハミラー！」サトーはため息をついた。まだいい出しかねていることがあった。「《バジス》が月の軌道上で組み立てられたとき、あなたはまだ存在していませんでした。この膨大な仕事を、はたして成し遂げられるのですか？」

「サー！」答えるハミラーの声は大きく、憤慨していた。「なんてひどいことを！　わたしはみなさんの信頼を勝ち得てきました。いまさらそんなことをいうなんて。研修期間はとっくに終わっています。わたしがついに最高傑作をとどけられるのだと、信じてもらえないのでしょうか？」

「もちろん信じていますよ。でも、ちょっと引っかかることがあるんです！」

「そんなものありませんよ、ミスタ・サトー！」

「それがあるんです、ハミラー。十一月二十日に、完全にもとどおりになったとあなたは報告したが、それはちがいます。巨大カタストロフィが起きてから《バジス》の分散化までの期間の知識が欠落しているのですよ。事象記憶装置と一時記憶装置、医師の診察を受けた異人全員の詳細な医療統計はありますが、当時起こったはずのほかのすべての出来ごとについての知識が欠落しています。これらの知識はどこへ行ったのでしょう？」

「それは失われた人類に関する記憶装置のなかにあるはずです」

サトーは言葉を飲みこんだ。ハミラーの答えは納得のいくものだったが、完全に満足したわけではなかった。かれは組んでいた腕をおろした。この質問はべつの機会にしたほうがいいのかもしれない。

「ありがとう、ハミラー。質問は終わりです」

「どういたしまして。いつおいでくださっても大歓迎です！」

サトーはホールを出ると、《バジス》の司令室に向かった。そこにはちいさな遠征隊の責任者たちが集まっていた。

＊

アルファランド付近にいる船は《シマロン》だけだった。《モノセロス》と《リブラ》は瓦礫の墓場の周辺部に撤退し、反対側のエリアで作戦行動にあたっていた。

ペリー・ローダンは《モノセロス》と《リブラ》の船長であるギンセン・カルトゥとイリアム・タムスンをひとつのスクリーンにうつして最新情報を交換した。

「わたしはハミラーに権限をあたえた」と、不死存在が告げた。「三隻のロボットをすべて自由に使える権限だ。プログラムはすでに完成していて、搭載メモリーに実装ずみだ」

モニターにもうひとりあらわれた。《シマロン》首席操縦士のイアン・ロングウィンだ。現在レジナルド・ブルの代理をつとめている。ブリーもローダンとともにアルファランドにいたからだ。

「われわれが事実上ハミラー・チューブの指示にしたがうということでしょうか？」ロングウィンは冷静に、思慮深く訊いた。

「それが《バジス》の復元に関係しているのであれば、そうだ」ローダンはうなずいた。

「ほかのすべての決定はここで行なう。問題はないだろう」

三人の船長は了解し、ローダンは接続を切って仲間のほうに向きなおった。

「割りこんでもいいでしょうか？」ハミラー・チューブが隣りのホールからたずねた。ハミラーの通信チャンネルはいたるところにある。

「いいよ、ペイン」ローダンが許可した。「なんの話だ？」

「この巨大船がふたたび航行するときがきます。そのとき、船長が必要ですが、もう決まっていいます。ハロルド・ナイマンはいつ到着しますか？」

ローダンは司令室のシントロン装置をプロジェクションしている記録フィールドのひとつに目くばせしようとしたが、それはやめてブリーを見た。ブリーは口元をほころばせた。

「ナイマン、ナイマン。いつもナイマンしかいわないいな。なんのためにナイマンが必要なのか、いいかげんにだれか教えてくれないか？　ハミラー、きみがいっているのは《カシオペア》の格納庫チーフのことだろう。われわれがいまはアルファランドと呼んでいる〝ケーキのひときれ〟の船長にかれを任命したのはきみの過ちだ。《バジス》の最終的な船長は、船が航行できるようになってから決定する。そうなったらの話だが」

「わたしの能力をお疑いですか、ミスタ・ブル？　では教えしましょう！　技術的な側面から見た能力だけでなく、人を評価する能力も、わたしの場合ほとんど損なわれていません。ハロルド・ナイマンがこの任務の適任者であることをわたしは保証します。ウェイロン・ジャヴィアの後継者としてこれ以上すぐれた人はいません。もしもミスタ・ジャヴィアがここにいたら、わたしの決断を祝ってくれるでしょう！」

ブリーの顔が紅潮し、銀色の箱に向かって威嚇《いかく》した。

「よく聞け、このブリキの塊りめ」大声がとどろく。「もしおまえがわれわれに命令するなら、昔の脅しを実行するぞ。それっぽっちのエネルギーが増えてもなんともない恒星は五万とあるからな。まだすべてが解決したわけではないんだぞ、ハミラー。最終決定はまだくだされていない！」

「こんな低レベルの会話はお断りです、ミスタ・ブル。もう、うんざりです！」

「これでわかっただろう」ローダンはそういうと友に笑いかけた。

ハミラーはもう昔のハミラーにもどっていた。それに、かつて何十年、何百年と《バジス》に乗船してきた者なら、チューブに慣れるのにそう時間はかからないだろう。

ペリー・ローダンは、多くのことに慣れが必要だと感じていた。《バジス》が建設された当時に思いを馳せた。ネーサンはルナの造船所から個別パーツを射ち出し、ルナの軌道に乗せた。そこでは、ロボットが数十万個の部品を組み立てて巨大な船をつくりあげていた。《バジス》は、はるか遠くの宙域……住民たちがアルグストゲルマートと呼ぶチューシク銀河へと航行し、銀河系に帰還するための超長距離世代宇宙船《ソル》と出会ったのだった。やがて故郷銀河に帰り着いた乗員たちはアトランとともにラール人を撃退した。その後、《ソル》生まれのテラナーであるソラナーに船を譲り渡すと、ローダンたちは《バジス》に移乗。《ソル》は人類に対する義務にしたがうことなく、船内で生まれた人々の夢と願いだけを追って、あてどなき旅に出発した。このときから、

《バジス》は自由テラナー連盟を代表する人類の主力船となった。

そして六百九十五年ほど前にあのことが起こった！　ネーサンはヴァリオ＝500を派遣し、《バジス》の分散化を命じた。ハミラーはその命令にしたがい、一万二千人以上の乗員が逃げるように故郷である巨大船をあとにした。かれらはどこへ逃げたのだろう？　一隻の搭載船が、それを知っていた。副官サンドラ・ブゲアクリスが、物質化したハンガイ銀河にある惑星を一隻の船でめざしたのだ。それは安全な場所に行くための最短距離だったにちがいなく、分散化だけがかれらにとって唯一の問題ではなかったことをしめしていた。ハンガイ銀河から局部銀河群に向けて進撃してきたハウリ人やカルタン人の艦隊も脅威だったにちがいない。

船長ウェイロン・ジャヴィアやハース・テン・ヴァル、レオ・デュルク、〝シマリス〟・レス・ツェロンなど、当時の乗員たちがどこに行ったのか、そしてそれがいかなる意味をもっていたのか、ハミラーは知る由もなかった。かれらは細胞活性装置を身につけていなかったので、生存の可能性はない。逃亡中の船が破壊されていなければ、子孫が生きのこっているというのがせいぜいだろう。

ペリー・ローダンの願い、つまりなんとかして銀河系に到達したいという思いが、その瞬間ほかのすべてに打ち勝った。テラとルナに行ってネーサンに釈明をもとめたかったのだ。ハミラーの主張にローダンは納得しなかった。もしネーサンが《バジス》を異人の干渉から守りたかったのなら、なぜ太陽系に連れてこなかったのか？

かれはすこし首をかしげ、娘に目をやった。エイレーネは、父がなにか大事なことにとり組んでいると思い、安心させるようにほほえみかけた。

ローダンも笑顔で返した。かれの思考はネーサンのとった行動の問題にもどった。ネーサンがこのような行動をとったのには理由があったにちがいない。ハイパーインポトロニクスは、銀河系に生じつつあった危険を見抜いたのかもしれない。《バジス》を銀河系から遠ざける以外に選択肢はなかったのだ。

そうだったのだろうとローダンは確信した。

ローダンは姿勢を正し、その場にいる人々を順に見ていった。コヴァル・インガードは奥のほうに立ってローダンの視線を避けた。ベオドゥは多関節の脚を気長に上下に動かしながら、頭翼のあいだからローダンを見つめていた。顔から赤みが消えたブリーは周囲を見まわした。アンブッシュ・サトーは目を閉じて自分自身に耳をかたむけ、《シマロン》の科学者たちはじっと辛抱して待っていた。かれらがアルファランドの最果ての片隅まで探しまわり、《バジス》のパーツの集合体が機能するかどうか、概要を把握しようと急いでいたのはたしかだった。

「ミスタ・ローダン」ハミラー・チューブが呼びかけた。「そのときがきました。ただいまから、最初のプログラムの第二段階をはじめます。ほぼすべての特務チームが配置場所に到着し、ロボットはそれぞれのポジションに向かっています。それでもまだまだ力が必要です。かれらに同行した科学者はどうでしょう？　わたしがかれらを使うことに反対されますか？」

「異論はないよ、ペイン。だが、なにか問題があれば、すぐに知らせてほしい」

「もちろんです！　いままであなたを失望させたことがあったでしょうか？　ちょっとした重要なことで不足があって。それでアルファランドの科学者を提案しました」

「なにがたりないのか？」

「損傷のひどいパーツY－Z2－700を修復するチームがまだありません」

「その件はわたしが対処しよう、ハミラー！」

同行する科学者だけではチームとしてたりなかったため、ローダンは三隻の船とコンタクト回路をつなぎ、用件を説明した。船の乗員から追加要員が選ばれ、技術者ラモン・アンダラが部隊の編成を引き受けることになった。詳細はハミラーにたずねるようラモンに指示し、ローダンは接続を切った。

「われわれにできることはすくない」と、ローダン。「プロジェクトの進展を見守るしかない。ただし、われわれもハミラーの支援で出動できるよう準備はしておく必要がある」

「そうなると、われわれの移動手段も早めに用意しておかなければ」と、ブリー。「そうぃえば、あいつはどこにいるんだ？　まあ、もう十一月末だからな、ネズミ＝ビーバーは冬眠しているんだろうよ」

このときはじめて、すくなくとも四日間グッキーを見ていないことに全員が気づいた。それは非常にめずらしいことだった。《シマロン》のシントロニクスも、イルトが何日もキャビンを使っていないことを確認した。

ローダンが心配顔になった。グッキーが十日前にキャッチした奇妙な思考のことを思い出したのだ。

＊

「アンブッシュ・サトーに訊いてみたけど」と、エンザ・マンスールが話しかけた。そのときノックスは、テーブルの向かいにすわってサーボにシリアルを注文していた。

「ハミラーの仕事にわたしたちは必要ないみたい。わたしはアンダラの招喚に応じてY－Z2－700っていうパーツに行くわ。そこでならなにかできると思うから」

ノックス・カントルは目を細め、彼女の顔をじっと見つめた。

「その間、わたしはどうすればいいんだ？」

エンザは口に入れたサンドイッチをあわてて飲みこんだ。ノックスはシリアルの容器を受けとると、最初のひと匙《さじ》を口に入れた。

「そんなこと、わたしに訊かないで。自分の好きなようにしなさいよ。わたしは自分が楽しいことをする。わたしを説得しようなんてやめてね。あなたのことはよくわかってるわ。緊急事態を利用したいんでしょう。わたしを発見して勇気づけたもんだから、わたしを支配できるんじゃないかと考えている。わたしには通用しないわよ、ノックス・カントル！」

ノックスは額にかかって目がかくれるほどボサボサの髪をなでた。サイドにかきあげたが、すぐにもとにもどった。投げやりなようすでシリアルをつつき、エンザがおいしそうにサンドイッチを食べるのを黙って見ていた。自分が彼女を恐がっていることがどうしたら伝わるだろうと必死に考えた。彼女がまだ知らないこともあるのだ。

「ときどききみが劣等感をいだいているのではないかと思えるよ」と、しずかにいった。「でも、もしそうなら《バジス》に乗船しなかっただろうし、《シマロン》にもとどまらなかっただろう。そうなれば、通常任務はいっさいできない。そしてブリーは、きみがわたしといっしょにハミラーの面倒を見るのを阻止しただろう。いったいきみはどうしたんだい？」

「ノックス、あなたって本当にばかね！　よく知っているでしょう。あなたはいつも人間的な説明をほしがるけれど、それはまちがいよ。ありのままのわたしを受け入れられない？」

それを聞いて、ノックスはシリアルを食べる気をなくしてしまった。食器をテーブルのまんなかに押しやると、スプーンを置いた。彼女がそれを降伏と受けとっても、もう気にならなかった。

「まるでおろか者同士の会話だな」と、冷たくいい放った。「とくにきみがわたしに話すときはね。もちろん、きみになにが起きているのか知っている。それに、わたしの内なる声が、きみをアンダラのところに行かせてはいけないといっているんだ。危険すぎるよ。志願する者はほかにもいるし、わたしたちにはすでに任務がある！」

エンザは口をぽかんと開け、まるで幽霊でも見るようにかれを見つめると、テーブルから身を乗り出すようにしてノックスをどなりつけた。

「わたしの決断に口を出すわけ？」

「わたしだって、ふたりにとって最善の決断をくだしたんだ」ノックスも反論した。「非難するならすればいい。でも、アンダラのことは忘れろ。かれはもう、自分のチームを編成し終わっている。ミルナ・メティアで最後の欠員が埋まった。残念だが、それが最新情報だ！」

「じゃあ、わたしはどうなるの？　わたしがあなたといっしょに仕事をしたいとでも？」

「ああ、そう思うよ。そうじゃなきゃ、こんな話はしない。わたしたちをなにが待ち受けているのか知りたくないか？」

「知りたくないわ、ノックス！」

エンザはさっと立ちあがると、出口に突進した。ふたりがいたのはアルファファランドのちいさな食堂だったので、このいい争いを目撃した者はいなかった。

「いっしょにグッキーを探そう！」と、いってエンザを追いかけた。「ネズミ＝ビーバーは四日前から姿を消したままだ。公式に行方不明なんだ！」

エンザはドアオープナーのセンサーに触れる寸前に、人形のようにくるりと振り返った。

「グッキー……。連絡はないの？　ということは、かれの身になにか起きたのね。それなら探し出さないと！」

「そうしよう！」

ノックスは立ちあがり、彼女のあとを追って通廊に出ると、彼女のセランが置いてある部屋へ急いだ。

2

シフト開始時、セランのクロノメーターは十一月七日の十八時間めを指していた。状況を把握するために大きく損壊したパーツのなかにはじめて入ってから一週間が過ぎていた。破壊の規模は甚大で、このパーツが使用できるようになるというハミラーの判断は依然として楽観的すぎるように思えた。アンダラ隊は二十時間交代で作業し、隊員たちは無重力状態のなか、仮のとめ具にセランを固定して眠った。疲れているので、たいていはすぐに眠ってしまう。かれらは請負で働き、二交代勤務の騒音で眠りを妨げられることもないほど疲労困憊《こんぱい》していた。三日ごとに自船に帰り、シャワーを浴びたり、休養をとったり、数時間ほど防護服を脱いで休息したりした。

十八時間めの最初の一分間、搭載艇からふたたびパーツに移動したとき、ラモン・アンダラは自信に満ちていた。交代要員が自分の横を通り過ぎ、艇が瓦礫のなかに消えていくのを見送った。

「こんにちは、みなさん」と、ハミラー・チューブの声が受信機から聞こえてきた。

「おめでとうといわせてください。決められた期限を守るようがんばってください。Y－Z2－700が希望する期間内に完成すれば、新年には《バジス》の復活を祝うことができます」

「よろこぶのはまだ早いよ、ハミラー」ラモン・アンダラが忠告した。「いま、安定装置をとりつけているところだ。《モノセロス》の生産設備からロボットが運んできたんだ」

「そのことは知っています。楽しんでください！」

「からかうのはよせよ」アンダラはつぶやいた。「おい、クウェンティス、聞こえるか？」

アンティのクウェンティスがすぐに応答した。かれが指揮するシフトはその日の仕事を終えていたが、搭載艇がクウェンティスを置いていってしまったため、しかたなく予定を変更したのだった。

「安定装置は必要な位置に設置した」と、アンダラに報告した。「制御コンピュータを、とりつけたエネルギー・タンクに接続している最中だ。あと二時間ほどで終わるだろう。おたがいを急がせる必要はないと思う！」

「そうだといいな。終わったら知らせてくれ！」

アンティが承知すると、アンダラは自分の仕事にとりかかった。作業員を各ポジションに配置し、この機会に安定装置を観察した。一部の外装パネルがふぞろいだったが問題ではなかった。かつて銀河系船団の船では原材料が不足していたため視覚的な印象などどうでもよく、肝心なのはユニットの内部構造だった。

ミルナ・メティアは最後まで隊長のそばにいた。

「これらの装置は何度も試験ずみです」最後の安定装置が到着したとき、彼女はそう報告した。「パーツの機械的接続要素とノズルが正常であることのほうがはるかに重要で、そうでなければパーツがもとの位置にもどる見こみはありません」

すべての特務グループと常時連絡をとり合っているハミラー・チューブがふたたび連絡してきた。

「プログラムによると、パーツY－Z2－700の静止値は六十パーセントを超えています。到達しだい、挿入可能です」

「了解だ、ハミラー」アンダラが答えた。「できることをするしかない！」

隊員からはすでに最初の報告で、安定装置のことが示唆《しさ》されていた。

「わたしがやるよ、ミルナ。制御ノズルを見ていてくれるか？」

「了解！」

ミルナ・メティアはその場をはなれた。パーツの制御ノズルは外面に組みこまれているため、内部に破壊を受けても目に見える損傷はなかった。すくなくともハミラーの見解はそうだった。だが万が一にも故障は許されないため、再度点検の必要があった。作業班の班長であるアンダラは、現行シフト中に試運転を行なうつもりだった。

かれはセランの胸にさげたテスターを起動し、安定装置を徹底的に調べた。半時間もたたないうちに、問題なく使用できるとわかった。のこりすべての装置についても点検をはじめた。自分の班員を信じていないわけではなく、その反対で、二重に点検すれば絶対的な確信が持てると考えたのだった。これらのパーツは約七百年ものあいだ動作停止状態で瓦礫の墓場にあったし、Y－Z２－７００は《バジス》を完全に再建するための最重要パーツのひとつだった。ほんの一部分が欠けただけで、復元全体が危ぶまれる。そしていま、このパーツの作業は完了に近づいており、故障は許されなかった。

アンダラがその計画を完了できなかったのは、かれのせいではない。

＊

ミルナ・メティアはパーツの後部側面にあるちいさなエアロックに到着した。脚で反動をつけ、空虚空間に入った。ハンガイ銀河があるはずの方向に目をやり、ふと惑星ブガクリスのこと、そこで逆境にあらがいながら生きる《バジス》乗員の末裔《まつえい》のことを考えた。また、カルタン人のことも考えた。巨大カタストロフィのあと、カルタン人も同様に負の発展を遂げていた。二十もの帝国にわかれ、そのなかのサショイとカラポンのふたつの帝国にはひどい目にあわされた。瓦礫の墓場に使えそうな奴隷を探しにくる者もいた。また、《バジス》を組み立てようともくろんでいる者もいた。かれらのなかにおそらく生存者はいなかっただろうし、もしいたとしても、自力ではとうてい無理だと、とっくに気づいていたにちがいない。

ミルナはパーツの外壁に沿って低速で移動した。融点が九万六千度の改良型インケロニウム＝テルコニット合金にはまったくムラや凹凸《おうとつ》がない。もっと大型のシステムと接続する前に、パーツの一面に積もったダスト層だけはとりのぞいておかなければならない。

最初の駆動ノズルがあらわれた。オリフィスはすでに開いていたので、ミルナは測定プローブをノズルに挿入した。ノズルシステムに損傷はなく、手動試験ではすべて動いた。

サトー・チームの女サイバネティカーは次のポジションに向かい、三つの異なる方向にパーツの周囲をまわり、すべてのポジションを調べ終わった。それから、満足してアンダラに報告した。

「同じテストを内側から行なうつもりです」と、つけくわえた。

「よかろう。一時間後に前方のエアロックで待っている」

ミルナは先ほどパーツからはなれたときの、開いたハッチにもどった。そこから十メートルもはなれていないところに安全ハッチがあった。それはべつのパーツへの移行部で、メカニズムを確認すると、サイドにスライドしてその先へつながっている。その通廊は、垂直から三十度の角度で内部へとつづいていた。《バジス》内部では、そういった移行部がパーツの数よりも多かった。重力レベルが異なることで、この巨大な船の空間は従来構造とくらべて空間を格段に効率的に利用できたのだ。ミルナの頭には四十パーセントという係数が浮かんだ。それはスペースの著しい増大を意味していた。

彼女は倉庫をめざし、外側の壁に近づいた。そこにはノズルシステムがおさめられたせまいチェンバーに通じる開口部があった。彼女は供給ラインのあいだに入りこみ、メカニカー用支持バーをつかむと床に両足をつけ、靴底のマグネットシステムのスイッチを入れた。さらに両腕を伸ばし、供給ラインをつかんだ。すべてのラインは固定装置によってしっかり固定され、ノズルもこちら側から問題なくまわすことができた。プラズマ容器を確認すると、補充なしであと最低百回は操縦できることがわかった。

ミルナは満足してからだの向きを変え、あともどりしてチェンバーからでた。光が見えたのでそちらを向くと、まぶしさで目を細めた。この光がどこから向かってくるのかはっきりしない。おそらく外の通廊からだろう。ゆっくりと倉庫を通り抜け、張り出し部分の陰にかくれた。光はやはり外からで、そのまま遠ざかっていった。扉のほうへ進み、外のようすをうかがったが、あるのは暗闇と自分のライトの光だけだった。きっと思いちがいだ。無重力現象にやられて感覚がおかしくなったのだ。

そのまま進んで隣りの部屋に入った。ここでも、駆動システムのすべての部品がすぐに使える状態であることを確認した。そしてふたたび光を見つけたが、その光は太いビームとなって壁の表面にあらわれては消え、ゆっくりと暗くなった。

「そこにいるのはだれだ?」と、ミルナが呼びかけた。「名を名乗れ。わたしはミルナ・メティアだ!」

「ミルナ!」アンダラの声だ。「どこにかくれている?」

「ラモン? わたしはノズル室付近にいる。近くに移動している光がある。だれが照らしているの?」

彼女が自分の位置を告げると、アンダラがはっと息を吸いこんだ。

「わたしじゃない。わたしはコンピュータの横にいる。きっとクウェンティスの部下がぶらぶらしているのだろう!」

「それは違うわ」アンティは否定した。「わたしの仲間は全員わたしといっしょよ!」

「それはおかしいな。用心しろ、ミルナ。終わったらすぐこっちへこい。試運転までもうすこしだ!」

「了解!」

ミルナはふたたび出発した。さっきより用心深くなり、防護バリアを使おうかと考えたがすぐにその考えを捨てた。このパーツにふたつのグループ以外のだれかがいるなど、絶対にあり得なかった。何度も徹底的に捜索したからだ。もしカラポン人の生きのこりがいたら、見逃すはずがない。

ミルナは次のポジションで驚いた。チェンバーが開いていたのだ。そしてふたたび光が見えた。こんどは室内か仕切り壁にケーブルを通すための細い隙間からだった。だれかが隣りの部屋にいる。サイバネティカーはだれが照らしているのか、こんどこそ突きとめようと決めた。ノズルをそのままにしてこっそり通廊に出ると、無重力でコントロールを失わない程度に急いで隣りの部屋に行った。サーチライトを全開にし、開いたドアからなかを照らした。

部屋はからだった。ミルナは部屋の外、通廊のどこかで光が揺れているのに気づいた。すばやくそこから飛び出すと、もたつきながらも反対側の壁につかまった。光は二十メートルもはなれていない通廊にあった。ミルナが気づいた瞬間に光は消えた。

「ラモン、ここはどうも怪しいわ」と、大急ぎで自分が見たことを告げた。「こっちへきてくれる？」

「いまどのポジションだ？」

彼女がポジションを告げると、ラモンは出発した。

そのうちに光はふたたび明るくなり、ミルナはそのあとを追った。彼女は《モノセロス》乗員から聞いた妖怪現象を思い出した。その正体はカラポン人だ。

カルタン人がパーツに出没しているのではという疑惑が強まった。

「もうすぐそちらへ到着する」と、いうアンダラの声が聞こえた。通廊の次の分岐点に向かって進んでいると、ほどなくして自分のサーチライトの光線がもうひとつの光と交差するのが見えた。

かたずをのんでその場にたたずんだ。アンダラが目の前にあらわれ、セランが異人のコンビネーション・システムからの散乱放射を報告した。

ミルナ・メティアは命令しようと口を開いた。だがセランはミルナが呼びかけなくても反応する。防御バリアが展開されたが一瞬遅かった。強烈なエネルギー・ビームがバリアとセランを貫通した。

ミルナはからだが熱くなるのを感じ、意識を失った。

＊

アンダラはその場に到達する前に警報を発した。かれのコンビネーションがエネルギーの噴出を検出し、セランのバリアが光った。分岐点に到達するとすぐにあたりを照らした。赤外線探知で熱物体が確認された位置に急行する。そこにはからだが横たわっていた。

それはミルナ・メティアだった。セランの胸部がエネルギー・ビームで引き裂かれている。ひと目ですでに死んでいるとわかった。

「襲撃だ！」アンダラが自分のマイクロフォンに叫んだ。「注意しろ！　敵はパーツ内部にいる！」

ハミラーが反応し、船内、アルファランド、特務グループのいたるところに警報を発した。同時にローダンにも報告した。それを聞いたローダンは、

「ありがとう」と、だけ答え、短い警告を発した。「注意せよ。全員に告ぐ！」

そこへハミラーが割りこんだ。ハミラーの命令で、瓦礫の墓地のあちこちに配置されていたロボットが、瞬時に殺人戦闘マシンに変化した。

「カルタン人警報！」と、つづいてローダンが告げた。「全員、安全レベルを最大にせよ！」

3

エネルギー信号はいつものように、はっきりはしていない。とはいえ規定の時間に着信したため、かれらはすこし緊張をゆるめた。それでも、いつでも撃てるようハッチにはブラスターを向けていた。すると数秒後、そのまるいハッチが開いた。最初に武器があらわれ、ファング・トロクがなにかつぶやくと、武器は引っこめられた。VEI－CHAの頭部があらわれ、すこし遅れてシン・ファンが開口部から姿をあらわした。ハッチを閉じると上体をまっすぐ起こし、ヘルメットを開いた。ブラスターのスイッチを切り、銃口をさげた。

「〝モトの真珠〟にかけて、任務は完了しました」と、告げた。

ファング・トロクは彼に歩みより、向かい合った。第二部隊の指揮官がみずからやってきたのだから、なにか重要な話があるにちがいない。ファング・トロクの部隊では通信と位置探知を完全に停止していたので、第二部隊の監視にたよらざるをえない。かれらは、アーチ状の支柱が吹き抜けの丸天井のように見える要塞の、ふたつの小部屋に押しこまれるようにして生活していた。

「なにかいうことはないのか？」と、チェン・イ・ターが訊き返した。

「やつらがやってきています。こちらの攻撃で注意はそらしましたが、なんとも思っていないようです。それに、われわれが全滅したと思っています！」

それは、トリマランの搭載艇が四艇破壊されて大損失をもたらしたことを指していた。ファング・トロクのところには八十五人の兵士がのこっており、自分も入れると八十六人いた。そのうちの半分をシン・ファンの指揮下で〝塔〟に送りこんだ。塔はごつごつと入り組んだ展望塔のような外観の瓦礫で、回転するプラットフォームがついている。

ファング・トロクは、敵が本当に自分たちを全滅させたと考えているのか確信を持てなかった。やっかいな番狂わせは避けたい。要塞のなかで発見されるわけにはいかないので、チェン・イ・ターすなわちファング・トロクは、到着するとすぐ必要な予防対策を講じた。大規模なバリアシステムを設置し、VEI-CHAの高性能対探知システムと組み合わせることで、ほぼ隙のない完全な防護が得られた。だれかが誤って迷いこんでこないかぎり、発見されるのは手遅れになってからだろう。

ファング・トロクは低い声で雄叫《おたけ》びをあげ、その目は緑と金の混じった光を放った。それからふたたびシン・ファンに向きなおった。

「やつらはここでなにがしたいのだろう？」

「輸送の準備をしているようです。出発点は《シマロン》という名の宇宙船です」《シマロン》はべつの船といっしょについ最近到着したばかりだった。それらの船によってバリア防護されているため、《シマロン》内でなにが起こっているのか、カラポン人にはわからなかった。ひとつだけ、最初からたしかなことがあった。テラナーはここにあるパーツから巨大船を再建造するためにきたのだ。

けっこうなことだ。カルタン人は最初こそ独力でやってみたが、いまでは絶対無理だと知っている。皇帝じきじきに手わたされた情報と、サショイ人奴隷所持者に大金を支払って買いとった手がかりだけでは知識が不足していたからだ。

ファング・トロクの計画は、たったそれだけの知識がベースだったので、兵士の半数とともに要塞に退却していた。

かれはソイ・パング皇帝の要塞を〝ソイ・パング・ファーマン〟と名づけた。自分たちがこの事業を成功させれば、四百八十五の星系の支配者からあたえられる栄誉はどれほど大きいかと夢想していた。

「そうだな」と、うっとりしたようにつぶやいた。「その仕事はやつらにまかせておこう。できあがったら……」そこまでいうと、すぐに堅苦しい話し方にもどった。「シン・ファン、もっとも安全なルートで塔にもどれ。わたしは忍んでいって状況を監視する。おまえが必要になったら使者を送る！」

小部隊の指揮官は一礼すると引きさがった。VEI‐CHAを閉じ、ブラスターの安全装置をはずして、きたときと同じハッチから姿を消した。

「帝国万歳！」ファング・トロクが大声で唱えると、

「帝国万歳！」兵士たちは復唱し、チェン・イ・ターが割りあてたポジションにもどっていった。

ファング・トロクは、ここへくるまでの長い旅路に思いを馳せた。カラポン帝国は、メエコラーに最後に物質化したハンガイ銀河のクオーターの辺縁にあった。その物質化が巨大カタストロフィを引き起こし、カラポン人が台頭するきっかけになった。帝国の創始者はカンサハリヤの艦隊司令長官だった。カルタン人の帝国崩壊のさなか、あらゆる手段を駆使して権力を築きあげただけでなく、カラポンが百年戦争に巻きこまれないようにした。

帝国の創始者はたんに〝至高者〟と名乗ったが、その息子と後継者は〝皇帝〟の称号を採用し、世襲君主国制をとった。巨大カタストロフィから六百九十五年後のいま、皇帝ソイ・パングは八十万立方光年の帝国を統治していた。カラポン人はさらに渦状銀河の辺縁に強力な戦闘基地を維持していた。

この瓦礫のなかに巨大な船がもし隠されていれば、帝国の勢力は急速に拡大するだろう。そうなれば、ハンガイ銀河以外のどんな帝国もカラポンに対抗できなくなる。巨船の戦闘力は、かつて構築されたものをしのぐだろう。

ファング・トロクは、瓦礫エリアの状況把握に役だつ情報をよろこんだ。この要塞がきわめて重要なパーツであると知り、兵士たちが設置したすべての装置を再検査するために出発した。

「行くぞ。コード信号はまだ維持されている。わたしのすぐうしろにつけ。ハッチをロックしておまえたちの対探知システムを起動しろ。バリア罠を待機状態にするのを忘れるな。いかなる侵入者もここから逃がしてはならない！」

命じられるまま、兵士たちは自分がなにをしているのか理解していなくても、ファング・トロクにはどうでもよかった。トリマランの四艇の搭載艇が破壊されてから、この部隊でも幽霊の出没を思わせる奇妙な現象が起きていた。かれは安全なかくれ場から長いあいだ見張っていたが、機械の仕業ではないと確認した。その幽霊は、高度な対探知システムをそなえたＶＥＩ－ＣＨＡを着用し、自分の位置を自在に変えられる透明人間にちがいなかった。

チェン・イ・ターは最初、これはプロジェクションだと納得しようとした。だがその考えは実際に見た出来ごととはほど遠く、疑念は増すばかりで、思いもよらない事故も覚悟しなければならないと結論づけた。

ファング・トロクは防護服を閉じてハッチを通り抜け、ハッチがロックされるまで待った。対探知システムを作動させ、皇帝の遠謀深慮をほめたたえた。部隊の大部分を失ってもまちがいなく報われたのだ。犠牲はむだではなかった。そしてチェン・イ・ターはテラナーを全員殺害するのではなく、安価な労働奴隷としてハンガイ銀河に連れていき、サショイに売るか、ただでくれてやろうと考えた。

せまい金属製の通廊を四つん這いで進むと、ほんもののパイプに分岐していた。要塞外面への最短ルート分岐点にはすでに標識がつけられていたため、ファング・トロクはまったく未知の場所でもなんなく移動できた。

しばらくのあいだVEI－CHAの能動探知で要塞を探したが見つからない。存在しなかったからだ。空間的にはそこにあったが、エネルギー的にはつねに無の空間だった。

カラポン人はシステムをオフにし、動きを速めた。そして奇妙な機構のエアロックにたどり着いた。ここではパイプ系統から出て、機械がいくつもある部屋を横切らなければならない。おそらく修理用の部屋だったのだろう。ここにも部屋の一部を遮断するバリアがあり、だれにも気づかれずに右側の壁に沿ってエアロックに移動できるようになっていた。ファング・トロクはインパルスを出してバリアを作動させ、急いでエアロックに入ってその機構を調べた。操作はせずに内側ハッチを機械的に閉めると、外側ハッチは手動で開いた。外からはセンサーシステムを使わないと動かないため、あけっ放しにしておいた。無重力状態のなか、要塞の表面をゆっくりと進んだ。VEI－CHAは使わず、完全に自分の肉体の力にたよった。その構造物にたどり着くまで、長い時間がかかった。突然反対側からサーチライトが照らされ、急に周囲がはっきりと見えるようになった。ファング・トロクは最上部のアーチとアンテナのシールドまで這いあがってようすをうかがった。

輸送作業はフル回転の様相だった。反重力キャリアを使って比較的ちいさな物体が《シマロン》から要塞まで輸送され、こっそり運びこまれていた。箱形の構造物に明かりが灯り、ファング・トロクが倉庫だと判断したのは正しかった。

「あれはたんなる制御システムだろう」と、考えた。上官の手元にあった報告書のことを思い出した。それによると、かれが要塞と呼ぶこの大きなパーツには、異人からのどんな攻撃もはねつける自動防御機能がそなわっていた。現在は無効のようで、要塞はカラポン人の侵入に反応しなかった。

かくれ場にもどったらすぐさま分析できるよう、テラナーの通信を注意深く保存した。箱が運びこまれ、サーチライトが消えるまで、シールドにかくれて待っていた。反重力キャリアは船にもどり、ファング・トロクは暗闇に紛れて撤退した。用心深く移動して小型エアロックの外側ハッチを通り抜けると、機械式ロックを銃で破壊してから閉じた。内側ハッチを機械的に操作すると、まだエネルギー的には死んでいる安全なパイプ系統に入るために急いだ。

かくれ場にたどり着く寸前、ＶＥＩ－ＣＨＡの受動探知が最大限に反応した。瓦礫のいたるところにエネルギーがひろがっている。

チェン・イ・ターは、新しい時代がはじまったと感じた。そして、このチャンスを逃すまいと決心した。

＊

要塞内の部隊が完全に沈黙をたもったまま数日が過ぎた。もう不測の事態が起こるとはだれも思っていなかった。規定の休憩時間の最中にけたたましい音がして、カラポン人たちは睡眠状態からたたき起こされた。

ファング・トロクはななめ上に飛びあがって反対側の壁に体あたりした。とんぼ返りすると、バリア制御部の前に着地した。そして赤外線の点を見つけた。反射的に頭をあげ、支柱のあいだを見あげた。突然あらわれたからだに反応してバリア罠が作動し、そのからだをしっかりつつみこんだ。

チェン・イ・ターは、からだ三つ分ほどの高さからぶらさがって身動きできない生物を茫然と見ていた。兵士たちがそのまわりに集まったが、ファング・トロクはすでに反応していた。バリア罠を下に落としたのだ。

それはテラナーではなかった。こんな生物は見たことがなかった。だが、尻尾部分をのぞけば、テラナーを彷彿《ほうふつ》とさせる防護服を着ていた。

「注射器だ！」と、かれは叫んだ。「早く！」

兵士のひとりが急いで走り去り、ちいさな容器を投げてよこした。ファング・トロクは器用にその生物をつかまえると注射器をとりだした。バリアにちいさな構造亀裂をつくり、そこから注射針を通した。針を刺そうとしたが、防護服の素材が針を通さないため生物のからだにはとどかない。生物は閉じこめられた状態のまま一本牙《きば》を出すと、ギラギラした目でカラポン人をにらみつけた。

ファング・トロクはやり方を変え、ブラスターをホルスターからとりだすと、構造亀裂を通して発射した。ビームを集中させて短距離に固定した。まるでレーザーを使うように防護服に穴を開けながら、生物がケガしないように注意はしていた。そしてふたたび針を刺すと、毛むくじゃらのからだに注射した。

「奇妙なやつだな」と、ファング・トロクはハンゴル語でいった。「われわれの存在を仲間に教えるチャンスはない。おまえはテレポーターだろう？　どうやってわれわれの居場所を見つけた？　だれかの考えをキャッチしたんだな、ちがうか？　テレポーターでありテレパスでもある。ソイ・パング皇帝はおまえをマスコットにするだろう！」

「おろか者め！」生物は、アルドゥスタアルで話されているようなカルタン語でいい返した。その方言の響きだけで嫌悪感が湧きあがったが、ファング・トロクはなんとかこらえて、からの注射器を容器にもどした。

「わたしをおろか者などとけなす機会はそうそうないだろう。われわれはテラナーのだれよりも賢明だからな。それとも、なぜわれわれがここにいるのか、説明できるか？」

「ハミラーがおまえらをばらばらにするさ。ぼくをあっさりあの世に送ったら後悔するよ！」

注射の効果が出はじめた。侵入者の舌はもつれ、言葉が不明瞭になっていった。

「おまえの名は？」大きな声でファング・トロクが訊いた。「おまえの種族は？」

もはや返事はない。意識を失ったのだ。

ファング・トロクは二分ほど待ってからバリア罠のスイッチを切り、フィールドをもとの場所にもどした。

「はじめろ！」と、命じた。「服を脱がせろ。どんな生物か見てみたい！」

探りまわしてようやく防護服のメカニズムを見つけだし、開くことに成功した。ヘルメットは後方に開き、首のうしろに折りたたまれた。マグネットロックが解除され、兵士たちは意識を失ったからだを引きずり出し、床にほうり投げた。

「もっと慎重にあつかえ！」チェン・イ・ターがどなりつけた。さらに、数人の部下がいらだって武器をいじっていることに気づいた。いつもなら、かれらが目をギラギラさせて無防備な相手を切り刻んでいるのを見ても、気にとめることはなかった。だがこの生物はかれの目から見ても特別だった。慎重に考えた末、このミュータントを交渉の切り札として生かしておくことに決めた。さらに、脆弱そうなこの生物を自分の思いどおりにできる操り人形にしようと考えた。

瞬時に振り返ったかれのブラスターがヒュッと音を立て、背後から毛皮生物を狙っていたカルタン人を撃った。ビームがその頸を直撃し、即死した。

「この生物は生かしておくと、はっきりいったはずだ！」と、ファング・トロクは叫んだ。「こいつはテラナーじゃない。なにかの役にたつかもしれない！」

武器をしまうと、そのからだを持ちあげた。デスクのところまで運び、その上に横たえた。

「この生物に危害をくわえてはならない！」と、四十二人の仲間に命じた。

「われわれがここにいるのは戦うためだぞ。テラナーをやっつけろ！」

兵士たちのからだが緊張でこわばった。声の主は、明らかにファング・トロクの権威を傷つけようとしている。かれの爪が武器にのびたかと思うと、引きだして声の主の胸を撃ち抜いた。

「おまえたちはこの死体とともに生きるしかない」と、冷酷にいい放った。「謀反人ふたりをいまかたづけるのはまずい。テラナーはわれわれがもういないと思っている。そして、そう思わせておくのだ。それに、もしわたしが目的達成のためにおまえたち全員を殺さなければならなくなったらどうなるか、忘れたわけではないだろう？　皇帝ソイ・パングの命令に逆らおうものなら、女どものところにほうりこまれて餌食《えじき》にされるぞ」

この脅しはなにより効果があった。それ以降、要塞には平穏と秩序が訪れ、ファング・トロクはつかまえた生物に専念できるようになった。

＊

その生物はちいさくてか弱そうで、手荒にあつかうのは気が引けた。毛におおわれた手足が動きはじめたので、注射器に薬剤を充塡して新しい針をとりつけた。それから、自分の兵士たちをためすように見た。かれらは戦いたくてうずうずしている。だがチェン・イ・ターは、状況がそうすぐには悪化しないよう望んでいた。

とにかく、テラナーが巨大な船を組み立てるまで待つしかない。

毛むくじゃらの全身が動きだした。目を開けるまで、そう長くはかからないだろう。そうなれば注射の効果がほとんど消えて、テレポーテーションしたりテレパシーで助けをよんだりする危険があった。チェン・イ・ターは、テラナーの仲間に何人テレパスがいて、ほかにどんなプシオン能力が使えるのか知らなかった。

かれらも催眠術を使えるのではないか？

ファング・トロクは迷うことなく注射を打った。今回は使用量を四分の一にした。生物のからだはふたたびぐったりしたが、目を開け、辛そうに首を横にまわした。ファング・トロクは生物を玩具のように手前に引きよせ、デスクにもどした。

「成りあがり者め！」生物が甲高《かんだか》い声で叫んだ。トロクは思わず身をひいた。「目的のためには人殺しも平気な、君主の腰巾着が！　君主が命令したからって、毎年何千とか何十万とかのカラポン人が死んでいることを考えたことあるかい？　そんなことに手を貸すなんて、よっぽどものを知らないまぬけなんだろうな！」

「わたしの心を読んでいるな！」チェン・イ・ターはとり乱して叫んだ。次の瞬間、横たわる生物に連打を浴びせた。毛むくじゃらが白目をむいているのを見て、ようやく手をとめた。

「おまえもこれで懲《こ》りただろう」と、どなりつけた。

「やれよ」弱々しい声が答えた。「ぼくを殺せ。あんたに幸運はこないよ。そしたら、あんたのソイ・パングは苦労することになるだろうさ！」

「ソイ・パングだと！　皇帝を侮辱するのか。肉片になるまで埃《ほこり》のなかを引きずりまわされるがいい！」

「なにもしないよりはましさ。聞けよ、ファング・トロク！　あんたはすぐれた司令官かもしんないけど、兵士としては最低だね。考え過ぎるんだよ。そこがチェン・イ・ターには不都合なのさ。命令にしたがえ、その意味は考えるな！」

ほかのカラポン人たちが聞きつけて、すくなくとも二十人ほどが指揮官とデスクのまわりに集まってきた。

ファング・トロクは本能的に、この議論に巻きこまれるのはまずいと判断した。黄色いユニフォームのポケットに手を入れ、赤みがかった粉の入ったホイルをとりだした。ホイルを破り、その粉を左手の甲にふりかけると、毛むくじゃらの鼻にゆっくり近づけた。

「おまえは自分の名を名乗らなかった。だがこれですぐにわかる。かくしごとはできないぞ！」

「ぼくはグッキーでイルトさ。テラナーは友だ！」

ファング・トロクは怒ってフーッとうなった。毛むくじゃらが、また拍子抜けするようなことをいった。チェン・イ・ターは、ゆっくりと、しかし殺したいほどの憎しみが湧きあがってくるのを感じた。手の甲をイルトの尖った鼻に押しあてると、

「吸いこめ！」と、ささやいた。「それとも意識を失うまで息をとめるかだ！」

グッキーという名の生物は、思いどおりにはならなかった。手の甲の粉がなくなるまで、大きく深呼吸した。しばらくようすを見ていたが、その生物にはなんの変化もない。かれはその頭を殴り、大きな耳を引っ張った。

「なにがほしいんだい？」グッキーはほかにもっと大事なことがあるような口ぶりだ。

「なぜぼくのじゃまをする？」

「その粉は効き目がありません」ひとりの兵士がしずかにいった。「おそらく劣化したのでしょう。注射も効かず、ただ効いたふりをしているだけだったらどうします？」

いや、それは違う。注射は体内をめぐり、筋肉や神経系など、特定の身体部分を麻痺させた。だが粉は意識にだけ効いて、意識を狭《せば》める働きがある。粉が効かなかったので、ファング・トロクはなにが問題か理解した。相手は強力なミュータントで、天然か人工のバリアをそなえているのだ。

「おまえは精神的に安定している」

「それだけじゃないよ、なにもかも察しているんだ。あんたたち、どのくらいここにいられると思う？　いつかはこの悪臭から抜け出さないと！」

虜囚のいうとおりだった。部屋のすみにある二体の死体はひどく臭かった。ファング・トロクは決断のときがきたと悟り、数人の兵士を呼びよせて、

「あれを運び出せ」と、命じた。「すぐには見つからない、悪臭にも気づかれない、どこかの深い穴にほうりこんでおけ。ただし、なにがあっても外には出すな。そんなことをしたら、要塞に持ちこまれた制御システムですぐに発見されてしまう！」

「そいつはハミラーだよ！」イルトの声が響いた。「ペイン・ハミラー！」

ってていう伝説があるんだ！」

「テラナーの名前のようだな」

「そのとおりさ。天才科学者ペイン・ハミラーの脳がシントロニクスに組みこまれてる
っていう伝説があるんだ！」

「おまえのいうことなどだれが信じるか！」ファング・トロクはふたりの死体が部屋から運び出されるのを見ていた。「だがおまえはわたしに真実を話すことを学ぶだろう。おまえは当面、人質としてわたしのために働くんだ。いつか船の再建が完了する。そのときはおまえをおもちゃとして兵士たちにくれてやろう。あいつらはおまえを千の肉片に切り刻むだろう」

「そんなんじゃだめさ。すぐもとどおりになっちゃうからね。肝心の分子化合物を破壊しないとだめさ。それに、あんたが兵士と呼んでいるばか者たちの命中率はどのくらいなんだい？」

ファング・トロクはいらだったが、同族がするように怒りを爆発させたりはせず、デスクから一歩さがって目を閉じた。かれはこの生物を思いどおりにはできなかった。そうなると、正確な情報は力ずくで聞き出さなければならなくなる。そうすることにためらいはない。けれども、適切な時期に実行したいし、具体的にどうするかもまだはっきり決めていなかった。もうしばらく待ってから、容赦なく実行しよう。

ふたたびデスクに近づき、イルトの胸に手を置いた。

「おまえは自分の命を救うことができる。わかっていると思うが、ほしいのは船だけだ。流血の惨事は望んでいない。だれの命も失いたくない。時期がきたらそのことを仲間に伝えてくれ。《バジス》が完成したらすぐに引きわたしてくれるだけでいい。そのあとはどこへ行こうが自由だ。おまえもいっしょにな！」

「当然だよ」イルトはつかみどころのないしかめ面になった。「そんな話、だれが信じるもんか！　あんたの考えはお見通しさ。ぼくは開いた本を読むようにあんたの考えが読めるってこと、忘れたかな。とっとと失せろ！　ほっといてくれ！」

いままでファング・トロクにそんな口をきいた者はいなかった。捕虜ならなおさらだ。チェン・イ・ターは理性を失い、捕虜の頭を殴って気絶させた。

＊

一週間以上が過ぎ去った。カラポン人は沈黙を守っている。ときおり、受動位置測定エレメントを使って、要塞内の状況を調べた。テラナーは要塞をアルファランドと呼び、アルファランドと三隻の船のあいだの通信メッセージによると、パーツの作業は進んでいた。ただ、イルトのグッキーだけが行方不明で、捜索が行なわれていた。

ファング・トロクは勝ち誇ったように、その生物が横たわっているデスクへと急いだ。悪臭をはなっていたが、つねに麻酔薬が効いているので逃げられはしない。

「そこらじゅうでおまえを探しまわっているぞ」と、うれしそうに教えた。「アルファランドはすどおりしてだがな。なんてばかなんだ、テラナーのやつらは！」

「もうすこしで探りあてるさ、ぼくがここにいることぐらい！」

その日、イルトはそれしかいわなかった。ただ待つしかなかった。そしてとうとうその日がやってきた。あとになってファング・トロクを永遠に呪いつづけることになるその日が。

カルタン人警報がアルファランドじゅうに鳴り響き、かれは警戒を強めた。警報はカラポン人のかくれ場にも響きわたり、かれらは一瞬、自分たちが見つかったのだと思った。ファング・トロクは武器を抜くと人質のほうに向けた。

イルトはただ笑っていた。

「臆病者！」と、かすれた声でいった。「すくなくともいまや全員、なにが起こったかわかっているよ！」

ファング・トロクはまだ信じようとしなかった。だが、事実は事実だ。女テラナーが殺された。犯人はカラポン人しかいない。

「シン・ファンにちがいない！」チェン・イ・ターは心のなかで叫んだ。「おまえは自分の部隊に責任がある。会ったらすぐに釈明をもとめるぞ」

こうなったら前にも増しておとなしくしていなければならない。テラナーは敵を探しているし、いずれ塔も見つけるだろう。

ファング・トロクは正しかった。数時間後には救難信号が出された。送信元と宛先が直接特定できないよう、複数のリレーを経由して送信された。

騒ぎが起こったが、チェン・イ・ターは威圧的な態度で沈静化させるしかなかった。「あわてるな」と、兵士たちをいさめた。「シン・ファンとその部下は、もはやあてにできない。たよれるのは自分たちだけだ。かくれとおして、持ちこたえられるだろう。ここならだれにも見つからない！」

兵士たちの心に響くはずが、納得させることはできなかった。捕虜が背後から破廉恥に騒ぎ立てるので、かれらにはその存在が許しがたかったのだ。

「あんたの忠臣はどこにいるんだい？　そいつらは頭がよくて抜かりはないんだろう！それなのに、休むひまもなく次々とおろかなことをやってるじゃないか。ソイ・パングが知ったら、女たちに八つ裂きにさせるだろうな！」

ファング・トロクはたんなる脅しで女たちといったのだが、イルトが口にすると、それはあまりにもひどい侮辱だった。数人のカラポン人がデスクに駆けより、無防備なイルトにとびかかった。ファング・トロクはかれらを引きはなし、投げ飛ばした。そして制服の紐を一本はずすと、両手でぴんと張った。

「それでけっこう」イルトが甲高い声を出した。「さっさとやれよ。おまえはずっと、このときを待っていた！　残念だね、おまえたちの皇帝から評価してもらえなくてさ。ぼくはそいつの宮廷道化師《どうけし》になるはずだったのに。だろ？」

「皇帝はおまえのことなどまったく知らない！」ファング・トロクは嘘をついた。デスクにあがって捕虜の頸にひもを巻き、きつく絞めた。

4

「跡形もなく消えるはずがないわ」と、エンザ・マンスールは断言した。その朝、彼女の短い髪は太さがばらばらの束になってはねていた。ライトグリーンの船内コンビネーションとグレイのブーツを身につけている。額にスカーフを巻き、その端が右耳の上から肩までたれていた。明るい褐色の瞳で見つめられたノックス・カントルは、そこに不安の跡を見たと思いこんだ。

「もちろんだ。どこかにいるにちがいない。三隻の船はのぞこう。捜索ずみだから」そういうと、意味ありげな視線をエンザに送った。「トイレもだ。グッキーの姿はどこにもない。そうなるとのこるのは瓦礫だけだ。《バジス》のパーツか墓場のほかの区域か。どこを探そう？」

それはかれらが一週間前からかかえていた問題だった。どこからはじめていいかわからないのだ。あてずっぽうにあちこち飛びまわるわけにはいかない。これまでのところ成果はない。そしてシナジー・ペアは単独で行動していた。ペリー・ローダンが希望したにもかかわらずハミラーは捜索隊を派遣できなかった。エンザとノックスもそれを断った。

そしていま、カルタン人警報が四時間も鳴りつづけている。心地よく眠っていたエンザはそのせいで目がさめた。ふたりはテレカムですこし話してから司令室の近くで落ち合った。

ミルナ・メティアが死んだ。それを聞いたエンザは、無表情でかれを見返した。

ノックスはハミラーのホールに向かった。ハッチを開け、エンザの背中を押すようにして先に通してやった。からだに触られてもエンザが黙っていたので、ノックスは信じられないというようにまばたきした。どうやらきょうは上機嫌のようだ。

ふたりがまずに目にしたのは、部屋のすみにうずくまる毛皮の服を着た人物だった。

「コヴァル」エンザが叫んだ。「いったいどうしたの？」

惑星ブガクリスからきた男はバネのように飛びあがった。

「おじゃまですよね」かれはあわてた。「出ていきます！」

ノックスが道をふさいだ。

「なにか手伝おうか？　よかったらグッキー捜索を手伝ってくれないか？　強力な助っ人になると思う！」

インガードは胸の前で腕組みした。

「それには宇宙服を着なければなりませんよね？　瓦礫がひろがる一帯へいっしょに行くんでしょう。お断りします。わたしはここにのこります！」

「好きなように！」

　ノックスが道をあけると、コヴァル・インガードは急いで立ち去った。角を曲がって姿を消し、ハッチが閉まった。ノックスは首を振った。

「おはよう、ハミラー。カラポン人について、なにか新しい情報はあるか？　おい、ハミラー、寝ているのか？」

　シントロニクスは答えなかった。銀色の壁にあるすべてのライトと目盛りは、ハミラーがフル稼働に近いことをしめしていた。スクリーンだけが消えている。ちょうどそのとき、一面だけ点灯した。

〈お待ちください〉と、スクリーンに赤い文字がチラチラ揺れた。〈もう少々お待ちください！〉

「かわいそうに」エンザが気の毒そうにいった。「負荷がかかりすぎなのよ！」

　その文字列が消えるまで、まるまる十五分はかかった。スクリーンに画像が表示され、アルファランド周辺の近隣エリアがシントロン処理されて表示された。約六千個所の点がパーツの数をしめしていた。

「おはようございます、エンザ、ノックス」ようやくハミラーが挨拶した。「お待たせしてすみません。どうしようもなかったんです。すべてのキャパシティがいっぱいになってしまって。インガードについてはなにも知りませんし、カラポン人も見かけたことはありません。お元気ですか？」

「ありがとう、元気だよ、ハミラー」ノックスは咳ばらいした。「ところでグッキーの件はどうなっている？　きみはネズミ＝ビーバーの捜索を手伝うのは本当に無理なのか？」

「グッキーからは、どこかへ行くという連絡は残念ながら受けていません。この点では、おふたりと同じようにわたしもお手あげです。十一日間とは長い時間です。わたしの意見を聞きたいですか？」

「聞かないでおくわ、ハミラー」エンザがすばやく答えた。そんなことを考えたくはなかった。「でも、ゾンデを使って手伝ってくれないかな。たとえばセクター１２０８の洋なし形の物体は、大きさ的にかくれ場にぴったりよ。グッキー向けにプログラミングできる？」

フェルマー・ロイドがこの場にいてくれたら、いうことなしだったのに。かれならテレパシーでグッキーとコンタクトできた。でもいまは三隻のどの船にも乗っていないし、この状況でイルトやカラポン人の思考インパルスを聞きとることができるものはいなかった。

「それは可能だとは思います、ミスタ・マンスール。でも、洋なし形のゾンデはどこで調達できますか？」

「わたしたちは盲目じゃないよ、ハミラー。この目で見たんだ！　それは《バジス》のパーツだよ！」

ハミラー・チューブはスクリーンをすべてオンにして、配置を表示した。そこから判断すると、瓦礫の墓場全体を見ても洋なし形のゾンデはなかった。チューブの説明で、ふたりが見たのは異物だとわかった。

「カラポン人技術の一部ね」エンザはあっけにとられた。「なぜすぐに気づかなかったのかしら？」

ふたりは顔を見合わせ、狐につままれたような気がした。エンザは礼もそこそこに、出口に駆けよった。ノックスを引っ張っていき、外に出ると前を行かせた。キャビンでセランを着用し、いちばん近いエアロックまでわずか五分。ふたりはアルファランドをはなれ、ゾンデを見た方向に向かった。目的のエリアまで、セランの飛行機能で二時間かかった。その間ふたりはひとことも話さず、いまもハンドサインだけでコミュニケーションをとっている。

セランに保存されている外観やエネルギー放出、移動方向に関する値《あた》いをたよりに、ふたりはようやくその物体を、目撃したときのポジション付近で発見した。ふたりはそのまわりを一周し、エンザのセランのピココンピュータで軌道を計算した。起点らしきところまでたどると、そちらへ向かった。

赤外線探知で半時間観察し、〝塔〟を特定した。それは大きな難破船から切りはなされたにちがいない、傷だらけの瓦礫だった。片方の端は削りとられて穴だらけだ。前面の幅のひろい部分からわずかに熱放射があったが、そこだけだったので非常に目立った。金属探知により、この塔のような構造物は《バジス》のパーツではないことが確認された。

エンザはサーチライトを一瞬点灯させた。彼女はヘルメットのガラス部分にグローブで印をつけた。それは男カルタン人の口髭《ひげ》を意味している。ノックスはてのひらをさげて了解したことを知らせた。

ふたりは慎重に塔のほうへ移動した。削りとられた部分をつかむと、そのまわりを一周してから慎重になかへ入った。正体がばれないよう、防御バリアは作動させなかった。武器をかまえた状態で、ノックスは鋭利にとがった金属部分を手探りしながら前方を浮遊した。ヘルメットのサーチライトは最低出力に調整し、目の前のものを確認できる程度にしていた。

「危険はありません」と、セランが告げた。「この付近に生きている生物はいません！」

だがそれでは安心しなかった。敵は非常に近いと感じ、ハミラーに通信メッセージを送信しようと考えた。だがそんなことをしたら、《シマロン》へのカミカゼ攻撃を生きのびたカラポン人に警告をあたえることになるだろう。

「注意しろ!」と、小声でいうと、エンザにヘルメットのガラス部分を近づけて警告をくり返した。「カルタン人の並みはずれた対探知システムを忘れるな!」

ノックスはぎくっとした。サーチライトの薄明かりのなか、前方に動くものを見つけたのだ。最初は目の錯覚かどうかもわからなかった。身をかくし、エンザを背後に押しやった。ほんのすこしサーチライトを明るくすると同時に、ピココンピュータがわずかに残熱のあるセランが前を飛んでいると知らせてくれた。そのセランから合図は送られてこない。

ノックスはエンザに合図すると反動をつけてスタートした。曲がった金属壁のあいだを目標に向かって進んだ。それははっきり確認できた。低速で前進しながら、ふらふらと揺れている。セランの腕部分が曲がっているように見えた。

ノックスは悪態をついた。セランまでたどり着くと、ヘルメットのガラスごしに光をあてた。男のつぶれた目が見えた。肩についている文字で、《モノセロス》乗員だとわかった。

ノックスは振り向くと、こちらへ近づいてきたエンザに手を伸ばした。こんどもヘルメットガラスごしの意思疎通だ。

「見ないほうがいい」と、あわてて告げた。「《モノセロス》の乗員だ。報告はあとまわしにする！」

ノックスはエンザがすばやくうなずくのを確認した。それから宇宙服を調べはじめた。死んだ男のセランには背中に大きな漏れ個所があり、そこから空気がぜんぶ漏れ出したようだ。防御バリアが張られる前に、あるいは宇宙服が自己修復する前に、減圧により死亡したと思われる。銃撃でピココンピュータが破壊されたのだろう。

おそらく、敵に気づくのが遅すぎたのだ。

ノックスは見知らぬ男のおろかさを責めた。何時間も前からカルタン人警報が出ていたのに、安全規則を守らないとはどういうことだ。ほどなくしてピココンピュータがその考えを否定した。

「死後およそ十二時間経過しています。最初の犠牲者はミルナ・メティアではなかったということです」

ふたりは死者をそのままにして先を急いだ。この瓦礫の裏側には大きな亀裂があり、自由に出入りできる部屋もあった。ひろいホールを選び、壁のへこみやひび割れもすべて、室内を慎重にくまなく照らして確認してからなかに入った。エンザは背中合わせになって後方の安全を確保し、ノックスはいつでも撃てるようブラスターを右左に動かしていた。

なにもない。ここに危険はなかった。熱探知の反応もなく、エネルギー反応炉や作動待機中の機械からの散乱放射もないようだった。ふたりは右側のホールに入るとそこを通り抜けた。通廊を進むと、安全ハッチが誘うように開いていた。エンザはノックスの腕に触れてとまるよう合図した。こんどは彼女のほうからヘルメットガラスをかれにあてた。

「相手が数人いるのであれば、とくに《モノセロス》乗員があらわれたあとは、緊急事態にそなえた安全対策をとっているはずよ。見えるものだけでなく、防御バリア・プロジェクターや自動兵器からの放射にも注意して！」

「わかっている。わたしだってばかじゃない！」

＊

塔の前部分に向かう途中、ふたりはいつのまにか目に見えない境界線をこえていた。ノックスに衝撃がはしり、脚を曲げたり足を床におろしたりができなくなった。エンザがかれにぶつかって、あやうく倒れそうになった。重力がとぎれることなくからだをつつんだのだ。もはや敵が複数いることに疑いの余地はない。ひとりならこんな手間はかけないだろう。生存者が何人もいて、ここを新しい避難場所にしているのかもしれなかった。

目の前に、通廊を隔てるゲートがあらわれた。ふたりは立ちどまった。ゲートはかたく閉ざされている。ふたりは周囲を見まわした。手短かに相談して迂回することに決め、すこしあともどりすると、あちこちに機械の瓦礫が散乱する天井の低い部屋に消えた。部屋にはもうひとつ出口があり、やはり前方へつながるべつの通廊に通じていた。

受動探知が最初の触知インパルスを検出した。通廊が終わる地点でふたりは壁ぎわからはなれた。そこは楕円形のホールの入口だった。

ノックス・カントルは立ちどまって、ピココンピュータにインパルスを分析させた。短い休止をはさみながら連続インパルスが出ている。休止時間はちょうど二秒半だった。それだけ時間があれば充分だ。

ノックスはエンザにそう告げると、危険な場所に忍びよった。ピココンピュータがインパルスを数え、ノックスがダッシュした。壁沿いに駆け抜けて楕円のホールに走りこみ、なんとかぎりぎりで触知インパルスに検知されずにすんだ。周囲を観察し、武器をかまえてエンザに合図した。彼女は小走りで危険地帯に近づき、前進した。

「くそったれが……」ノックスは悪態を嚙み殺した。エンザは最後の連続インパルスが終わるのを待たなかったのだ。それが彼女をかすめた。壁の向こうのどこかで、装置が動き出した。

「ハミラーへ緊急連絡！」ノックスがピココンピュータに叫んだ。「ロボットと武器をよこしてくれ！　攻撃する！」

圧縮され暗号化されたインパルスがセランから発信された。瞬時に数百キロメートル先のアルファランドに到達し、ハミラーはすぐに警報を発した。

ノックスもエンザも、ヘルメット・テレカムと防御バリアを同時に作動させた。即座に塔の前部にエネルギー・シールドが形成され、これ以上インパルスが外に出ないよう防いだ。

「きみのせいだぞ」ノックスは文句をいった。「あわてものなんだから。ここにいることが敵に知られてしまった。それに、ここから警報を送ったことも！」

「そうね、わたしが軽率だったわ」エルザが小声で返答した。「でももう遅い。これからどうする？」

「すぐわかる。行こう！」

ふたりは目にとまったハッチのほうに急いだ。ノックスが勢いよくハッチを開ける。ふたりは先を急ぎ、セランシステムのエネルギー値をたよりにわかれ道を選びながら進んだ。自分たちの存在をかくす意味はもうない。

「ここは塔のプラットフォームの近くね」わかれ道にさしかかったところで、息を切らしたエンザが確認した。「このあたりのどこかにいるはずよ！」

カントルははげしく動きまわり、壁にあるちいさな隙間に発砲した。開口部の向こうのエネルギー銃が破壊され、爆発し、滑らかな壁面から金属片が引きちぎれた。

ふたりはさらに先へ進んだ。その先の通廊はひろくなっていて、四つあるハッチが一度に開いた。

目の前に、明るく輝くカーテンがあらわれた。防御バリアが赤々と輝く熱光線を反射し、その場の空気が耐えがたいほど過熱した。

ノックスは左を指し、自分は右に向かった。正面から攻撃を受けてふたりははなれるしかなかった。

「視界からはずれるな！」ノックスはそういうと、最初の一発をいちばん近い隙間に撃ちこんだ。むち打ちのような衝撃がかれを襲い、からだが吹き飛ばされた。セランのバリアの周囲にフィールドが形成され、かれを右端の開口部から吸いこむと、制御司令室を思わせる部屋の天井の下にかれを引きずりこんだ。ノックスにはカラポン人がひとりも見えなかったが、セランは十人以上を認識していた。デフレクターからの散乱放射で探知したのだ。この短距離ではかくせない。

「くそっ！」なにかがかれのバリアからエネルギーを奪いとっていた。

「なにが起こったの、ノックス？」

「バリア罠にはめられた。気をつけろ。わたしの防御バリアは壊れたも同然だ。悪魔がわたしを撃とうとして手ぐすね引いている。お別れだ！」

「まって、すぐ行く！」エンザが叫んだ。

かれの受信機でぱちぱちと音がしはじめた。ノックスはセランがしめしたエコーのひとつにブラスターを向けて連射した。反射バリアの向こうに一瞬カラポン人が見え、ノックスは安全な場所に移動した。

セランはバリアを安定させるために全エネルギーを投入した。同時にバリアからエネルギーを吸いあげている拘束フィールドのエネルギーも増大した。これでは、すぐにセランのエネルギーがつきてしまう。

ゆがんだインパルスがかれに命中した。

「ああ」と、うめき声をあげる。宇宙服のなかで温度が急上昇した。「助けてくれ！」

突然青い閃光がめらめらと燃えるようにかれをとりかこんだ。ぱちぱち音がして、静電気の帯電を感じ、ヘルメットに触れるほど髪が逆立った。

バリアが崩壊した。ノックスはうしろに倒れて、白く輝きながら向かってくる最初の銃撃を避けた。押し殺した叫び声が聞こえた。下から影が飛び出して空中高くあがり、かれとカラポン人のあいだに入ってきた。同時に赤く輝く炎が天井に向かい、流れるように燃えさかる炎の地獄と化した。溶けた金属が床に滴《したた》り落ち、カルタン人のバリアにあたって気化した。拘束フィールドが消滅し、ノックスは倒れこんで尻餅をつきながら間髪《かんはつ》をいれず発砲した。こんどこそ防御バリアを突破し、カラポン人をとらえることに成功した。デフレクターが消えてバッテリーが爆発し、カラポン人は千々に引き裂かれた。同時にほかの仲間は隣りの部屋に退散した。セランの防御バリアが復活し、ノックスは立ちあがった。

エンザは黙って、ロボットが何台も足踏みしている入口を指さした。助けがきたのだ。ノックスは《シマロン》乗員を見つけてほっとしながらも、「追いかけろ！」と、大声で叫んだ。「逃がすな！」

ロボットはカラポン人がロックしたハッチを溶かし、武装した男たちが赤熱《せきねつ》の隙間からなだれこんだ。ノックスもあとにつづいた。

「どこかに時限装置があります」ノックスのピコンピュータが告げた。「全員に警告！　命の危険あり！」

ノックスはエンザの悲鳴を無視し、開口部を通って危険ゾーンに突入した。

「逃げて！」エンザが叫んだ。「やつらは自爆する気よ！」

逃げるには遅すぎた。床が振動しはじめた。ノックスは突然、自分を持ちあげる海の波の上に立っているように感じた。セランが自動で飛翔装置を作動させたので、そこから側方へ飛んだ。下を見ると床が爆発し、自分の横にある壁が外へ向かって変形した。バリア金属片がこちらに飛んできてバリアに衝突し、ノックスはコースからはずれた。バリアは持ちこたえ、飛行は安定した。壁に漏れ口ができたために、そこから部屋のなかに空気が放出され、その勢いにノックスも巻きこまれた。

テラナーたちは無事だったが、カルタン人たちは死んだ。かれらは自分たちの飛翔装置を切っていた。集団自殺したのだ。

ノックスはぞっとするような悲鳴を聞いた。カラポン人は、みずから放った殺戮の炎につつまれて死んでいった。ただひとり、立った状態で視線を上に向けているカラポン人をノックスが見つけた。そのからだのまんなかになにかがあたってカラポン人は倒れた。ノックスは急いで駆けより、そのからだの片側だけでもバリアで守ってやると、助けを探して周囲を見まわした。そこへエンザがあらわれた。ふたりでカラポン人を抱きかかえ、バリア範囲をひろげた。ふたりの防御バリアを合わせて泡をつくり、カルタン人をかこんだ。ノックスは血を流しているからだを抱きとめた。カラポン人は致命傷を負っている。うめき声をあげたが、その瞳は勝利を確信して輝いていた。

ノックスはその腕をつかんで揺さぶった。

「グッキーはどこにいる？」と、カルタン語で叫んだ。

「塔が消えていく。わたしが、シン・ファンが指示した。ファング・トロクはわたしに満足してくれるだろう。要塞は守られた！」

「要塞とはなんだ？」

「またとないすばらしいものだ！」かれの言葉はしずかな吐息に変わっていった。「それは牢獄だ！」

そのからだが、がくっとくずれた。ハンガイ・カルタン人の筋骨たくましい腕を、ノックスは引っ張った。

「グッキーはどこにいる？」もう一度叫んだ。シン・ファンは白目をむいた。最期の息を吐いて、カラポン人は死んだ。

このやりとりのあいだ、ノックスとエンザは周囲に注意をはらう余裕はなかった。塔は爆発し、壁と天井が外へ吹き飛んだ。だれかがふたりの状況に気がつき、ロボットの牽引ビームで危険ゾーンのただなかからかれらを引きあげた。ふたりはバリアの泡を解消した。シン・ファンのからだが漂い、熱で燃えつきるのを見送った。

「終わりね」ノックスはエンザがそういうのを聞いた。「これでよかったのよ。嘆くほどの損失はある？」

だれかが、ないと答えた。特務グループから負傷者は出なかった。爆発の犠牲になったのは、防御バリアが故障した二体のロボットだけだ。

「これからどうするの、ノックス？」エンザはかれの隣りに立った。ふたりはいっしょに瓦礫からはなれ、塔が指していた方向にひろがる金属破片をくぐり抜けた。

「また最初からやりなおしだな」と、かれはつぶやいた。「いや、待てよ。われわれにはシュプールがある！」

＊

その後、アルファランドの安全な場所にもどり、ふたりは抱き合った。抱き合ったまま、ふたりは司令室へ向かった。

「ともかく、あなたに恩返しができてよかった」エンザは司令室の手前でそういった。

ノックスは額にしわをよせた。

「わたしの命を救ってくれたんだよ。それのどこが恩返しなんだ？」

「もしアンダラ隊にくわわるのをとめてくれなかったら、ミルナではなくわたしが死んでいたかもしれない。だからあなたはわたしの命を救ってくれた。その恩返しをしたのよ！」

ノックスはただ、「うーん」といっただけだった。けれども、いままでにないほど精神的な安定を感じていた。

ペリー・ローダンとほかの責任者は、全員すでに到着していた。ふたりが司令室に到着すると、またしても悪い知らせが待っていた。パーツY－Z2－700が試運転時に爆発したのだ。無数の破片になって飛び散った。アンダラが慎重だったおかげで、大惨事は避けられた。爆発のあと、ロボットは瓦礫のなかからカラポン人の遺体を発見した。おそらくミルナ・メティアを殺害した妨害工作員だろう。

短い話し合いのあと、ローダンはハミラーのほうを向いた。

「《バジス》の状況はどうだ、ペイン？」

「はい、順調に進んでいます。二百個のパーツが完全に修復されました。すべての装置は機能しており、からの重力蓄積装置は《シマロン》の協力で充塡されました。このペースで作業が進めば、十二月二十日にはカウントダウンを開始できます。ただしこれは楽観的な予測です。カラポン人捜索によって混乱が生じる可能性が高いですから。完全に破壊されたパーツについては、解決策はひとつしかありません。ダミーをつくるんです。それは《バジス》を完全に組み立てるために不可欠です。パーツの本当の復元は、あとで《バジス》の資源を使って行ないます」

「あとで。なんでもあとでだ」と、レジナルド・ブルは鼻息荒く怒っていた。「わたしはいまなにが起こっているのか知りたいんだ。カラポン人のかくれ場について手がかりはないのか？　かれらが攻撃してくることを考えれば、わたしは悲観的だ。かれらはほかのパーツも破壊して復元を不可能にするだろう」

「ミスタ・ブル、あなたは大きなまちがいをおかしています。カルタン人は《バジス》を組み立てて利用するつもりでした。もしまだそう願っているとしたら、理屈に合わないのでは？」

「理屈に合わないかもしれない。だが、自分たちには無理だと知って、われわれに成功してほしくないのだ。だから妨害するんだ！」

「たしかに、あなたの主張には一理あります。けれども、もしそうであればカルタン人はすぐに妨害工作をはじめたはずでしょう。何週間もたってからではなく」

「もしかするとハンガイ銀河から援軍を待っているのかもしれません」アンブッシュ・サトーが口をはさんだ。

ローダンはノックスとエンザのほうを見てうなずいた。ここにいる全員、死んだシン・ファンがなにをいったのか知っている。だが結論はまだ出ていない。

「指揮官の名前はファング・トロク。まだこの辺をうろついている」と、ノックス。

「そのかくれ場は要塞と呼ばれる。それは同時に監獄でもある。エンザとわたしの疑念は、要塞とはアルファランドのことではないかということです」

「それはあり得ません」と、ハミラーが反論した。「わたしのところにきてください。みなさんに証明してみせましょう！　自分のなかに異人がとどまっていたら、気づかないわけがないですからね！」

ノックスは首を振った。

「ペリー、わたしたちは瓦礫の墓地の全区域を捜索しました。そしてなんの手がかりも得られなかった。のこるはアルファランドだけです。やつらは何週間も前から虎穴に入ってわれわれを笑っている。それに、われわれが気づかないうちにグッキーをつかまえていたんだ」

ハミラー・チューブがさらに異議を唱えようとしたが、アンブッシュ・サトーがさえぎった。

「ハミラーは復元に専念してください。あなたのアルファランドの地図に空白がいくつかあることをわたしが指摘できなかったときは笑っていただいてけっこうです。それに、カラポン人の技術力をあなどってはならない。かれらはコラ人やサショイ人よりはるかに進んでいます」

「わたしもそう思う」と、ペリー・ローダンも同意した。「アンダラ隊が破壊されたパーツのダミーをつくっているあいだ、われわれはアルファランドの各レベルに散らばろう。カルタン人警報は発動を継続する！」

四艇のトリマラン搭載艇が破壊されたとき、ひとりをのぞいてカラポン人全員が死んだという推論は、まったくの誤りだったことが判明した。いまはできるだけ早くこの状況に対処する方法を考えなければならなかった。

ブリーが手をたたいた。

「さあみんな、セランを着ろ。もう一度アルファランドをじっくり見物だ！」

5

かれらはアンブッシュ・サトーからの報告を待っていたが、サトーは《バジス》のパーツの調整が難航して呼び出しを受け、本来の問題にはまだ対処できていなかった。

そしてそれは、きわめて緊急の案件だった。ノックス・カントルとエンザ・マンスールのようなふたりが、どうしてイルト捜索時の唯一の支援を拒んだりしたのだろう？グッキーは無敵だ、その能力でどんな状況にも対処できると、ふたりは本当に信じていたのだろうか？

通廊は夜間のおだやかな光に照らされ、寂しく閑散としていた。エイレーネは立ちどまって耳をすませたが、なにも聞こえなかった。数秒後、ハッチまでつま先立ちでさっと移動した。

「大騒ぎしないで」彼女はマイクに向かっていった。「ほかの人に知られずにベオドゥと話したいの！」

ほかの人というのは、司令センターの上層部だけでなくハミラーのことも指していた。

自動装置は〝通話〟になっていたので、キャビンの乗員たちには彼女の声が聞こえていた。

「入って」アッタヴェンノクの低い声が聞こえた。「準備はほぼ完了だ！」ハッチがしずかに開き、エイレーネが入ってきた。部屋の中央にある戸棚のうしろからベオドゥがあらわれた。かれは頭をのぞいたからだ全体をおおうゆったりしたローブを着て、人間でいうなら腰のあたりに丈夫な組紐を巻いていた。紐にはいくつも容器がぶらさがっていて、なかにはテラの武器が入っている。ベオドゥはよろめきながら奇妙な足どりでエイレーネに歩みよった。いまにもバランスを崩してうしろに倒れそうだとエイレーネは思った。

「さあ、きて！」彼女は聞きとれないほど小声でいった。「最下層を捜索しましょう。ここ数週間、そこにはほとんどだれもいなかったから」

「のこりの捜索者はどこにいるんです？」と、アッタヴェンノクのトランスレーターが口笛を吹くようにインターコスモで話した。

「かれらは計画どおりに進めているわ。上層と中層エリアはすでに七十パーセントは捜索ずみよ。全員が大急ぎで、すべての部屋をのこさず探せば、あすの夕方までに捜索は完了する」

そのパーツを徹底的に捜索するのに二日半かかった。長さ五百メートル、もっとも厚みがある個所は幅が二百五十メートルあった。〝ケーキのひときれ〟のようなかたちで、《バジス》船首から突出部を何者かが切りはなしたのだ。

　エイレーネは出口のほうを向き、ダークブラウンの髪を揺らした。そのとき彼女の顔に夢を見ているような表情が浮かんだのは、以前、ネットウォーカーのグッキーとすごした楽しい時間を思い出したからだ。

　だめよ、グッキーを見捨てることなんてできない。ほかのすべてをいったん中止して、グッキーを探し出さなければならない。あらゆる手段をつくしてカラポン人から救出しなければ！

　エイレーネはベオドゥが出てくるまで待った。それからいちばん近い反重力シャフトまでベオドゥといっしょに移動した。

　反重力シャフトの前でエイレーネは立ちどまった。乗り口の横にあるターミナルの表示を見ると、シャフト内には三つのグループがいる。ひとつは中レベルに向かう途中、もうひとつは下から昇ってきて十一階でおりた。自分たちの進む道にはだれもいない。

「急いで！」ローダンの娘がささやいた。「いまならだれかに見られる前に下におりられる！」

　そもそも、自分たちの行動を秘密にしておくのは無意味だった。エイレーネは、ほかの手段よりも早く目的地に着くことを期待していた。そしてこの型破りなやり方の、なにが悪いというのだ？

かれらは第六レベルまで下降した。おり口は十七階にあり、ベオドゥは半円形の部屋にぴょんと飛びおりた。その部屋からは六本の通廊が枝わかれしている。エイレーネはベオドゥのあとを追い、通廊ひとつひとつの標識を指ししめすと、

「時計まわりに行く、それがいちばんいいと思う」と、いった。アッタヴェンノクに異論はなかったので、両者はいっしょに歩きはじめた。ベオドゥはブラスターを一挺《ちょう》とりだし、安全装置をはずした。それを手わたされ、エイレーネはためらいがちに受けとった。かれはもう一挺とりだして、同じように安全装置をはずした。

捜索を開始して夜明けまでつづけたがシュプールは見つからず、アルファランドのほかの乗員にも遭遇しなかった。かれらと連絡をとろうとする者はいなかった。もしも通信があれば、盗聴している敵に自分たちの居場所を知られるだけだったからだ。

十一時間後、ベオドゥはゲートの前で立ちどまった。

「休憩しないか？」

エイレーネは力強く首を振った。「だめよ！」

その三時間後、彼女はとうとうすわりこんでしまった。疲れきっているように見えたが、無理もない。前日は丸一日、全力でほかの人の手助けをしていた。そしてきょうはアッタヴェンノクといっしょにひと晩じゅう仕事をしたのだ。もうすぐ正午だ。彼女の

知覚能力は低下しはじめていた。

「いやよ！」と、声を押し出すようにいった。「あきらめないわ。いまはダメ！」

かれらがいるひとつづきの転送ルームの後方からけたたましい信号が鳴り響き、ふたりは身をすくめた。エイレーネは武器を手にとった。疲れのせいでずっしりと重く感じ、ベルトにさしこんでいたのだ。

「なにかわかった？」エイレーネがたずねたが、ベオドゥは否定した。なにも見逃すまいと、ベオドゥは先端に目がある二枚の頭翼をたがいに反対方向に向けた。

ブーンというかすかな音が耳にとどいた。彼女は目を細め、天井の昼照明を見てまばたきをした。

そして、ちいさな影を見つけた。天井の下をなにかがこちらへ飛んできたのだ。

「シガ星人！」というと彼女は飛びあがった。そしてかれの注意を引く必要があるかのように、手を振った。かれはエイレーネのほうへ飛んでくると、その肩におり立った。ベオドゥは頸を前にかたむけ、エイレーネに頭翼を近づけた。アッタヴェンノクの両目はまるで巨大なレンズのようにシガ星人を見おろした。

「ベアゾット＝ポール！」エイレーネは驚いた。「アルファランドにいたのね？　ハミラーに腹を立てて、関わりたくないんじゃなかったの？」

「そのとおりさ」ちびにしては大声でうなったので、音声増幅器はいらなかった。「だけど、それがどうだっていうんだ？　わたしはもう大丈夫。それにハミラーだってどうしようもなかった。あれはわたしの責任だったし。でも内緒にしてほしいんだけど、わたしにもいつか、ハミラーが必要になる日がくるかもしれない。そのときは、かれの良心の呵責《かしゃく》に訴えて、わたしを助けざるをえなくしてやるんだ」

「ずる賢いわね」と、エイレーネが笑った。「それはそうと、ここでなにをしているの？」

「ペリーが通信停止を命じて、わたしを送り出したんだよ。かれはハミラーからあなたたちの居場所を聞いている。サトーはアルファランドの地図にひととおり目を通した。ひと晩じゅうかかったんだけど、アルファランドにあった空白部分をいくつか本当に発見したんだ。それは本来パーツ包括システムにカバーされる範囲にあったんだけど、まだ稼働してなかったんだよ。だから、もうすべてのエリアの座標が手に入ったってわけさ！」

「じゃあ行きましょう、ベアゾット！」エイレーネの疲れは吹き飛んだ。彼女が飛び出しかけたので、シガ星人は投げ出されないよう髪にしがみついた。

「そう急ぐなよ！　ふたりに捜索してほしい場所が指示されてるんだ」

「この階はどうなの？」

「ここはどうでもいい！　ハミラーに管理されていないエリアは、もっと深いところにあるんだ！」

「まさにそのとおりね！」

エイレーネはさっさとその場を出発し、ベオドゥが急いであとを追った。かれらはまた新しいエリアを捜索し、時計まわりに中央通廊を進んだ。何度も重力ロックを通り抜けたが、そのなかでは重力方向が変化した。正午を何分か過ぎたころ、ようやく休憩をとった。ベアゾット＝ポールもいっしょだ。エイレーネはすわったまま眠った。四時間後にベオドゥが彼女を起こすと、飛び起きて大声で悲鳴をあげた。

「また訪問者がきた」と、ベオドゥ。レジナルド・ブルと数人の科学者をふくむちいさな捜索隊が近づいてきた。エイレーネの寝ぼけた顔に気づいたブリーは、いたずらっぽくにやりと笑った。

「寝てばかりだと、グッキーはもう見つからないぞ！」冗談のつもりだったが、彼女の顔を見てブリーはしまったと思った。

「レジー！」エイレーネは不機嫌にいい返した。「人の不幸がそんなにうれしい？　なにかの前触れでないといいけど！」

「そのとおりだ。だが、捜索をつづけるしかない。じゃあ、あとでな！」

かれらははたして深夜まで捜索をつづけ、とうとうハミラーに司令室へ呼びもどされた。白いエリアはすべて捜索された。かれらは文字どおりそこらじゅうをひっくり返したが、カラポン人やネズミ＝ビーバーのシュプールは見つからなかった。推測した場所にかれらがいないことは確実だった。

「要するに、ハミラーが管理しているエリアを探すしかないということか」と、ペリー・ローダン。「そのためには、すくなくともあと二昼夜は必要だ。そのあいだになにが起こるか、だれにもわからない！　一日で捜索が終わるよう、ハミラーが無理して修理要員を数人こっちに融通してくれる！」

「あなたはこの計画と遠征隊の指揮官です」と、チューブは告げた。「あなたの命令なら、わたしは復元準備段階全体を数日間とめさせます！」

ローダンは考えこみ、やがて首を横に振った。

「いや、それは必要ない。必要ないことを願う！」

＊

このエリアの空気は、上のほうよりずっと薄かった。エンザ・マンスールは鼻にしわをよせてにおいをかいだ。おそらくは交換が不完全だったか、どこかのエアロックの密閉が不十分なのだろう。ハミラーがそのうち対処するはずだ。

ノックスがホールから出てきて、手をたたいた。

「確信したよ、エンザ。ここでなければ、ほかにどこがある？」

「そりゃあ、ほかのどこかでしょう。あなたの考えが、どこかに迷いこんだのよ！　まったく根気のない人ね。そういう考えならわたしひとりで行くから、あなたはここにのこれば！」

かれは口をあんぐり開けてエンザをみつめた。彼女はその反応に気づかないふりをした。

「さあさあ、ぼんやりしてる場合じゃないでしょ、ノックス・カントル。まだ終わってないのよ」

ノックスの背中を押して、近くのハッチに向かった。ここでもからっぽのホールが目の前にひろがり、探知機も反応しない。なにもないし、だれもいない。かつて娯楽室として使われていたことをしめす痕跡があるだけだった。ノックスはひろさ三百平方メートルの部屋を歩きまわり、右に左に何度も横断し、反射やデフレクター・フィールドの罠がないことを確認した。ふたりはあきらめて出口にもどった。エンザはノックスのことはそっちのけで通廊の先を凝視していた。ノックスは銃をとってかまえ、慎重にハッチの隙間からさしこんだ。向こうからやってきたのは、コヴァル・インガードだった。ブガクリスからきた男は、こちらには気づいていない。エンザが咳ばらいをしてはじめて、ぎくりとして彼女を見た。

「コヴァル。ここにひとりでいるのは危険よ。わたしたちといっしょにいましょう。

なにか手伝えることはない？」

「ありません。ほっといてください。ひとりにしてください！　考えごとがあるんです。わかりますか？」コヴァルの声は大きくなっていった。「じゃましないでくれ！」

「いいかげんにしろ！」ノックスは通廊に出た。「いったいどうしたんだ？　エイレーネを探しているのか？」

毛皮の服を着た男は長い髪を揺らし、うしろを指さした。

「見せたいものがあります！　いっしょにきて。そのほうが早い！」

ふたりに一瞥《いちべつ》もくれず、振り返るとすぐに歩きはじめた。ふたりは顔を見合わせ、エンザは肩をすくめた。黙ってブガクリスの男のあとを追い、重力ロックにたどり着いた。コヴァルはなかに入り、ハッチを通り抜けた。ふたりがあとにつづくと、コヴァルはフィールド内で方向を変え、ふたつの壁のあいだにある隙間に消えた。

「ここでなにが起こっているの？」と、エンザが訊いた。「《バジス》の構造には死角なんてないはず。ここは、断片同士が支え合う機械的支柱がある場所だわ。ノックス、わたしたちはいま、ふたつの断片のあいだにある仕切り壁のところにいるけど、なんで隙間があるの？」

ふたりがその隙間を通り抜けると、非常灯の薄明かりのなかでコヴァルが人員用ハッチに向かうのが見えた。ハッチの前で立ちどまると、ようやく振り返った。

「《バジス》の静力学と関係があるにちがいないよ」と、シナジー・ペアのかたわれが推測した。「アルファランドを構成しているパーツはすくないので、強い静的張力がかかっているんだろうね。われわれがいるのは船首の赤道環から外に突き出ている部分だということをおぼえているかい。ここではもとの《バジス》船体内とは異なる静力学的法則が有効なんだ。これは強い張力によって生じた隙間だ。静力学的にバランスがとれたら自動的に閉じてしまう」

その説明にエンザは納得した。ふたりはハッチを開けて待っているコヴァル・インガードに近づいた。インガードはうしろにさがると、腕を伸ばして開口部をしめした。

「見てください！」

ふたりは身をかがめて開口部のなかを見た。そこには垂直に下へつづくシャフトがあった。深さは五十メートルほどだろうか。サーチライトが照らしだしたのは、シャフトの底にまるまって横たわるふたつのからだだった。シャフトの壁に黒い痕跡があるのも見えた。カルタン人であるのはまちがいなかった。おそらく死んでいる。

ふたりはからだを起こすと顔を見合わせた。

「あわてずに行こう」ノックスがささやいた。

「われわれは解決に近づきつつある。いま興奮してはいけない。われわれがシュプールを見つけたことを、敵に悟らせてはならない。コヴァル、道はわかるな。司令室へ行き、このことを報告してくれ。途中でだれかに会ったら、手短かに説明しろ。だが、ここにくるのは十人以内にしろ！」

インガードはうなずくと、隙間のほうへもどっていった。ノックスはかれが重力ロックに消えるのを見送った。エンザがかれの腕を引っ張った。

「あれを見て！」

ハッチの上のシャフト内に支柱があった。そこから垂れさがった太いロープが環状に結び合わされていた。

「わからないな」ノックスがぼそぼそつぶやいた。「このふたりは首をつろうとして墜落したのか？」

「ばかね！」エンザがかれの肋間をひどく突いた。「落とされたのよ！」

ノックスは言葉を失った。息をのんで隙間の方向を見た。

「まさか、かれだと……」

「ハミラーの前で会ったときの、かれの態度を思い出して！」

「なんてことだ。みんなおかしくなってしまったのか？」

「ノックス、しっかりして！　いまは感傷に浸っている場合じゃないわ。エイレーネを見つけないと。もう一分たりともかれをひとりにしておけない！」

「ああ、もちろんだ」

ふたりは待った。十五分が過ぎ、十二月十一日がはじまった。ペリー・ローダンとレジナルド・ブルが武装した十人とやってきた。

「エアロックの向こうには八体の戦闘ロボットが待機している」と、ローダン。「このエリアで探しつづけるのが最善策だ」

ノックスはハッチの隣りの方向にある、機械ブロックと重力プロジェクターの半球が突き出している場所をしめした。そのあたりから捜索がはじまった。ブリーは持ってきた携帯ターミナルに付近の設計図を表示した。

パーツの外壁につながっているシャフトとパイプ系統が見つかった。このシステムの近くにある部屋は、修理部門と小型機器のロボット保管庫だった。周辺にはプラズマ発生装置もいくつかあった。

「もうすぐそこよ」エンザは後退しながら告げた。「どんなようす、ブリー？」

「あと数秒だ」

その直後、ターミナルが基本設計を表示した。ペリー・ローダンは武装した乗員とロボットに命令を出した。戦闘ロボットと武器保持者を増員するよう司令部に使者を送った。

十二月十一日になって三時間ばかりたったころ、ベアゾット＝ポールが見まわりを完了したと報告した。

重要な区域は全方向から包囲されていた。カラポン人の存在をエネルギー的に示唆する証拠はまだないが、ここにいることを疑う者はいなかった。

ただ、ギャラクティカーとロボットのエネルギー性活動を完全におさえることはできない。カラポン人が高感度の機器を持っていたら、なにが起ころうとしているのかわかったはずだ。

6

ファング・トロクは、兵士が女テラナーを撃ったのはさておき、部隊の存在を知られてしまった責任をシン・ファンにとらせようと考えた。それ以来、神経質になって要塞のなかを行ったりきたりし、VEI‐CHAを脱ぐことはなかった。デスクの上のイルトを定期的に観察していたが、こちらの存在に気づいたようすを見せることはまったくなかった。日がたつにつれ、人質はますます弱っていくように見えた。注射にアレルギー反応をしめし、イルトの有機組織はいずれ機能しなくなるだろう。

その考えを、ファング・トロクはとくに気にとどめることもない。かれには皇帝の命令をはたすという目的があった。そしてそのためには手段を選んではいられなかった。かれは指揮官として自分の役割を考えた。チェン・イ・ターという称号は、かれが部隊の長であり、責任者であることを意味していた。部隊の規律がたもたれるようつとめなければならない。とくにいまのように兵士全員が退屈しているときは。

イルトはなんといった？　〝すぐれた司令官だが、兵士としては最低〟だ？　〝考えすぎで、解釈しすぎ〟だと？

ばかげている。かれは皇帝のために、目的を達成して巨大船を獲得する最善の方法を見つけた。シン・ファンとその部隊が消滅したという事実は、もはやたいした意味もない。テラナーは、最後のカラポン人が逃げて、イルトもとうの昔に死んでしまったと思うかもしれない。真実が明らかになったときにはもう遅い。

だが二日後の夜に受動探知が突然複数の生物の接近を知らせたとき、その考えはまちがっていたと悟った。かれらの捜索はすでにここまで迫っている。まだあきらめてはいなかったのだ。しかも、イルトもどこかにいると考えているのだろう。

ファング・トロクは兵士たちに指示を出し、グッキーはそれを聞いていた。

「いまならぼくを信じるかい？」その声は弱々しかった。いまもデスクの上に横たわっているグッキーにチェン・イ・ターが近づき、

「黙れ！」と、どなりつけた。「おまえに話すことはなにもない！」

「ぼくを黙らせたいなら、殺すしかないよ！」

ファング・トロクの手がぴくりと動いた。ナイフのように鋭い爪を見せ、イルトの目の前に突き出した。

「目玉をくりぬいてやろうか？」

「きみはそんなことしないよ」グッキーは無表情に答えた。「きみの考えはお見通しで、

ぼくはそれに合わせて話してるんだってこと、忘れたのかい！」

「では、強いプレッシャーでチェン・イ・ターも衝動的になることを忘れるな！」

「おぼえておくよ！　さあ、自分の部下の世話をしなよ。頸にかかった縄がだんだん絞まってきたぜ！」

ファング・トロクは動かないイルトをつかんで持ちあげた。頸のうしろを持ち、宙づりにして目の前にかかげた。

「いったい何人の考えがわかるんだ、外にいるやつらの？」ファング・トロクは声を荒らげた。

「すくなくとも、きみの兵士の二倍の人数かな。驚いた？　もうすぐそこまできているよ。ふたりの死体も見つけたし！」

ファング・トロクは囚人を下に落とした。そのからだを蹴飛ばすと、デスクの上に引きずりあげた。

「嘘つきめ！　おまえのいうことなど、だれが信じるか！」

「それは残念だな。幸運を祈るよ！」

位置探知機はグッキーが正しいことを知らせた。ファング・トロクは部下たちを自分のまわりに集めた。

「時がきた。攻撃する。やつらをみな殺しにして、要塞の監視セクター全域を支配下に置く。みすみす包囲されるなど、あり得ない。準備にかかれ！」

このような事態にそなえて複数の計画を用意していたことで、かれはチェン・イ・ターとしての資質を証明した。兵士たちが戦闘態勢に入るとハッチを開けさせ、先頭を切ってパイプ系統に入った。

「よい旅を！」グッキーはしずかに呼びかけた。「死ぬときは忘れずに、ぼくのことを思い出して。運命がきみに判決をくだしてくれるよ！」

ファング・トロクはもうイルトの言葉など聞いていなかったし、兵士たちも口をつぐんでいた。

＊

ファング・トロクがパイプ系統を出てホールに向かって進んでいたとき、はじめて敵と接触した。そこはかくれ場の周囲を探索したときに一度だけ入ったことのある場所だった。突然、武装した小隊が目の前にあらわれた。かれらはカラポン人の半分も驚いていないようだった。そのことでチェン・イ・ターは妙に感心してしまい、あやうく攻撃命令を忘れかけた。兵士たちは隠蔽フィールドを作動させて敵から見えなくなった。数秒後、重戦闘ロボットが視界に入ったと思うと、フィールドを狙って発砲してきた。フィールドは姿をかくす以外にほとんど役にたたないことが判明した。

「気をつけろ！」ファング・トロクが警告した。「相手はピンポイントで撃ってくるぞ。通廊に沿って後退する。あのハッチの向こうになにがあるのか偵察しろ！」

十人の兵士が向かった。チェン・イ・ターは砲撃を受けながら最前線にとどまった。かれは敵が分散していることに気づいた。そしてだれもいない小部屋に入口があるのを発見した。前方に突進して加速し、左の壁を蹴って右の壁にぶつかると、次の動作でハッチの向こうに消えた。四人の兵士がかれのあとにつづいた。

かれらの前にふたりのテラナーがいたが、明らかに探知機を身につけておらず、最初はこちらの存在に気づいていなかった。攻撃を受けてはじめて反応した。ファング・トロクはロボットの到着を告げるドスンドスンという衝撃音を聞いた。

ふたりのテラナーのうちひとりが射程外に出ようとした。三本のエネルギー・ビームがテラナーの防御バリアに穴を開け、数秒後にはそのテラナーは飛び散った。

「いまだ、行け！」チェン・イ・ターが命じた。兵士たちは無言で無防備のテラナーを殺害したあと、ふたりめに向かった。そこへ戦闘ロボットがあらわれ、ふたりのカラポン兵士を殺害した。のこったふたりは、通廊をもどっていく指揮官にしたがった。

うしろを守っていた兵士が報告した。

「ここはエネルギー反応炉のあるホールです。逃げ道はここだけです。四方をかこまれています」

「すぐ行くぞ！」そう叫ぶとトロクは加速した。背後からロボットが追いかけてきた。わきのせまい通廊からは武装した敵がすくなくとも十人あらわれた。

ファング・トロクは兵士たちの退却を援護した。おのれの身の安全には注意をはらっていなかった。部下が殺した丸腰のテラナーのことだけが思い浮かんだ。

どうも解せない。いかなる場合も戦争とは冷酷であり、ファング・トロクなら情け容赦なくかたづけただろう。だが今回はそうではなかった。なぜ疑念をいだいたのだろう？　もう自分たちは終わりだ、この計画は最初から失敗する運命にあったと悟ったから？　皇帝の命令だけを見て現実を見ない、盲目だったから？

それとも、皇帝ソイ・パングが兵士の命をないがしろにすると皮肉るような、くどくどと絶え間なくいいつのる人質の言葉のせいだろうか？

かれはヘルメットのなかで首を振り、記録を再生した。それには、テラナーが一度もブラスターを使用していないことがはっきりしめされていた。かれらはパラライザーしか使っていない。ロボットだけが人間を守るために殺傷兵器を発射した。

かれをいらだたせたのはそういった気質だったのだろうか？　純然たる戦いのほかに、目標を輝かしく達成できる方法はあったのだろうか？

意識のどこかに刺すような痛みがあった。まるでナイフで頭を突かれたようだった。ヘルメットに手をやったがナイフはない。

グッキーはかれに、ひとつだけではなくいくつも教訓をあたえた。グッキーは死ぬことを覚悟していたし、注射のせいでもう死んでいるかもしれなかった。にもかかわらず慈悲を乞うことは一度もなかった。トロクに心理戦をしかけ、自信を揺るがし、兵士たちの前で恥をかかせた。ひかえめにいっても、ばかにされた。

そうだ、兵士の名誉に忠実に行動するのであれば、そもそもグッキーはなんとしても殺しておかなければならなかった。だが、かれはそうしなかった。そしてふと、なぜそうしなかったのかと思った。

「ファング・トロク！」

その呼びかけで、かれの思考が中断された。兵士のひとりにからだをおされ、トロクはバランスを崩して壁にぶつかった。目の前にあらわれたホールの入口に転がりこむと、スピンドルをそなえた背の高い金属ブロックと、ボウルのような半球形の構造物が天井からさがっていた。壁からは画像表示機能をそなえたターミナルが突き出ている。

「どうすればいいだろう？」チェン・イ・ターが訊いた。黙りこんで、ハッチが閉まるのを見守った。それから、ぐるぐると二周歩いた。

「宇宙への逃げ道は本当にないのか？」

「ありません、チェン・イ・ター。そこらじゅうにロボットや武装した者たちがいます」

「それはどうでもいい。やつらはわれわれを殺すつもりはない。降伏しても……」

あっというまに、それを聞いた最初の兵士たちがデフレクターのスイッチを切った。ファング・トロクは、部下たちがあとずさりして自分から遠ざかっていくことに気づいた。まるでかれが死をふりまく疫病にかかっているかのように。そして集まってひとかたまりになった。

「降伏するのですか？」ひとりがたずねた。「頭がおかしくなったのですか？　われわれが持っている最高のものを汚せと？　われわれの名誉を？」

「だれもそんなことはもとめていない！　わたしはただ、われわれが命の心配をする必要がないことをわかってほしいだけだ。もしかしたら、目的をはたせるべつの方法があるかもしれない！」

かれ自身もそれをわかっていた。ふたたびあたりを見まわすと、左側の壁のターミナルにハッチがあった。これを開けることができたら逃げだせるかもしれない。

兵士たちは、かれの最後の決断を阻止しようと、反応炉を撃ちはじめた。ホールの外の物音がしだいにしずまり、敵もこちらの意図を察知して退却したようだ。

「やめろ！」ファング・トロクは叫んだ。「まだ逃げられる。あらたな前哨基地、あらたな要塞をつくるための、道筋がはっきり見えているんだ！」

かれは駆けよってハッチを開け放ったが、エネルギー・シールドの輝きに目を射られ、思わず跳びのいた。

敵はホールを隔離していた。もう逃げ道はない。

かれの視線はふたたび左の壁に注《そそ》がれた。それから兵士たちのほうを向き、歩みよった。

「おまえたちはソイ・パング皇帝のもとにもどりたくないのか」その声はおちついていた。

「待ちくたびれて、頭が混乱しておられるのでしょう。ソイ・パング皇帝はわたしたちをどうするつもりなのです？ わたしたちに会わずにすむほうが、皇帝はおよろこびでしょう。あなたはチェン・イ・ターです。指揮官として、最後の命令をくだしてください！」

ファング・トロクは考えをめぐらせた。この要求がすべてを決めることははっきりしている。いずれにせよ結果は同じだ。拒否すれば、かれらはわたしを撃ち殺し、反応炉とともに吹き飛ぶだろう。命令をくだせば、数秒後には全員死ぬ。いっしょに生きてきたように、いっしょに死ぬのだ。

そうでなければならない。

「帝国万歳！」ファング・トロクが大声で唱えた。「反応炉を破壊しろ！」

エネルギーシステムのひとつはすでに爆発しており、赤熱した粒子の波がホールに襲いかかった。兵士たちはバリアのスイッチを切り、名誉の戦死を遂げた。もうだれも、ファング・トロクに注意をはらわなかった。

バリアに守られてチェン・イ・ターは左側の壁のターミナルのハッチに駆けより、センサーをいじった。以前テラの開閉メカニズムに触れた経験が役にたった。ハッチが開いたので、じゃまになるバリアを切ってからハッチをくぐった。ハッチはすぐに閉じ、ファング・トロクは命からがら這い出した。みじめだと思ったが、それでも死から逃げた。死ぬつもりはなかった。部下のことも考えなかった。ただグッキーという名のイルトのことを思った。

目の前にあらわれた細いシャフトで、下におりることができた。頭上でターミナルが爆発し、かれが使った逃げ道はふさがれた。刺激性の煙がもうもうとこちらへ流れてきたので、シャフトの底へと急いだ。そこにはせまいチェンバー・システムへ通じる道があった。ファング・トロクは、自分のいる場所がアルファファランドの外壁の支柱のなかだということに気づいた。ここならだれにも見つかるまい。

疲れ果てて床に倒れこんだ。目を閉じ、口から唾液がVEI－CHAに流れ出した。おまえはだれなんだ？　と自問する。おまえは本当に皇帝のチェン・イ・ターなのか？　いったいなにがあったのだ？　長く孤独がつづいて頭がおかしくなったのか？いや、もっと違うことだ。おまえは生きることを見つけた。もう昔のおまえではない。

＊

大混乱のなかですべてを把握するのはとんでもなく困難だった。かれらは機械ブロックのうしろにかたまっていた。十メートルもはなれていないところで、戦闘ロボットのサーモ・ブラスターが大音響をとどろかせ、カラポン人の部隊が作業していたキューブの開いたところに殺人熱線を浴びせた。どこかでハミラーの声が響いている。たのむからもっとも重要な機器類は保護してくれと嘆いていたが、気にかける者はいなかった。とりわけロボットは、当初のプログラムがしめした手順にしたがっているにすぎない。通廊の左側で、すぐ近くのホールに入れるよう作業していた男女の安全を確保し、危険を遠ざけるのがロボットの仕事だった。そこにエネルギー反応炉のホールがあるとノックスが判断したのは、通信チャンネルが混乱しているからという理由だけだった。ほかのことにはいっさい注意をはらわなかった。

かれらがかくれていた制御エリアの装置の上からざわざわと音がした。巨大な翼が羽ばたく音のように聞こえたが、カラポン人の武器から出た音だった。ノックスはブロックの向こうに視線を向けた。カラポン人は隠蔽フィールドで姿をかくしながら動いていた。だがロボットが前進してきたからには、カラポン人が後退しているにちがいない。

「反応炉ホールからはなれろ」通信でだれかがわめいていた。「これ以上持ちこたえられない。ハミラー。バリアを張れ。ホール全体を遮蔽《しゃへい》するんだ。そうすれば、かれらはかごの鳥だ！」

「それとも、わたしたちが爆弾に乗っているのかしら」そういうとエンザは歩き出し、右に曲がった。ノックスもあとを追いかけた。ロボットたちは、カラポン人が最初に入ってきた右側の出口の高さまで到達した。

エンザが駆け出すとノックスもあとにつづいた。ふたりはほぼ同時に頭からハッチに突っこみ、転がりこんだ。そこは円形の部屋で、ふたりの背後には通廊があった。通廊を進むとちいさなハッチがあり、パイプ系統に通じている。

「エンザ、ノックス、ふたりの位置を確認しました！」と、ハミラーが報告した。「パイプを使ってはいけません。通廊をふたつ先のハッチまで進むと、いくつもホールがならんでいるエリアに出ます。さあ、早く行ってください。この先にカルタン人はいませんん！」

ふたりは走り出し、いちばん先のホールにたどり着いた。ハミラーはさらに五つのホールを通り抜けるようせきたてた。

「もう目的地はすぐそこだと思います。巨大なフロアハッチを探してください。ちょっと待って、開閉装置を探しています……左手のターミナルです。ありますか？　よかった、ハッチを開いて、階段をおりてください。

これは数少ない《バジス》の階段のひとつです。わかりますか？　このような船には、あまり知られていないキャビンも必要なんです。ダルギストをおぼえていますか、だれにも見つけられない怪物を？」

ふたりはおぼえていなかったが、そんなことはどうでもよかった。ノックスはフロアハッチのところで待機し、エンザがすばやくタイピングしてターミナルをプログラミングした。ハッチのカバーは音もなく横へスライドした。

「おりて、おりて！　幸運を祈ります。見つけたらすぐに知らせてください！」

ハミラーはどうもネズミ＝ビーバーがここにいると確信しているようだった。

ノックスが大きな音を響かせながら階段をおり、エンザもつづいた。ふたりの直感はまちがっていなかった。瀕死のシン・ファンの言葉を正しく解釈していたのだ。

ふたりはドームにたどり着いた。アーチ形の金属支柱は、この場所が《バジス》正面にあるスタティック・ドームであることをしめしていた。

船を設計するさい、重力プロジェクターの機能がつねに信用できるとはかぎらなかった。もし失敗しても、船がばらばらにならないように設計しなければならない。それはとくに突き出た船首部分にあてはまった。

「あそこよ！」エンザは叫びながら部屋を横切ってデスクに駆けよった。

「なんてひどい、ノックス、早く！」

わずかに遅れていたノックスはすぐに追いついた。

グッキーは、デスクの上に横たわって動かなかった。目は閉じられたままだ。つやのない毛皮はぐしゃぐしゃに乱れており、呼吸はぜいぜいと荒かった。

背後で物音がした。ノックスが銃をとってかまえ、あやうくレジナルド・ブルを撃つところだった。パイプをよじ登ってこちらへきていたのだ。かれはネズミ＝ビーバーを上からのぞきこむと、そっと抱きあげた。

「急いで、最短ルートで《シマロン》へいこう。運ぶのを手伝ってくれ」アルファランドの医療システムは機能が不完全だったので、ブリーは船にうつることにした。

「でぶ」イルトが聞きとれないほどの声で告げた。「注射に……毒が。命が……流れて……つきてしまう！」

「だめだ！」小太りのテラナーが叫ぶ。かれはエンザとノックスに手伝わせるのをやめた。階段まで走り、イルトのからだを運びあげた。ふたりのシナジー・ペアもかれにつづいた。エンザはハミラーに連絡し、ノックスはローダンと話した。はげしい爆発音がかれらのいる階層を揺るがし、つづいてすべての通信チャンネルが沈黙した。そんなことはもうどうでもいい。ブリーのあとについていちばん近い反重力シャフトへ急いだ。

《シマロン》との通信はすでにつながっており、ロングウィンが船をアルファランドに横づけしている。金属製のトンネルがエアロックから滑り出し、《バジス》のパーツの一部とつながった。ブリーが到着して《シマロン》にうつるまで五分とかからなかった。数秒後、イルトはストレッチャーに乗せられ、ロボットが高速で医療ステーションに運んでいった。

最初の分析はすでに終わっていた。

「不適合な注射による重篤《じゅうとく》な中毒症状です」と、浮遊するターミナルが診断した。「器官が損傷している可能性もあります。分量が多いと細胞活性装置が吸収しきれないからです」

ブリーの顔が真っ赤になったのは走ったせいだけではなかった。からだを引きずるようにして医療ステーションに入り、椅子にすわりこんだ。

「こんなことをしたやつは殺してやる」

その言葉に反論する者はだれもいなかった。エンザとノックスが合流した。その間に、アルファランドからカラポン人の悲痛な最期について、最初の報告がとどいた。

「当然の報いだ」レジナルド・ブルの鈍い声がとどろいた。医療センターで二時間待ったころ、医療ロボットが近づいてきた。

「からだを完全に解毒する必要があります。イルトは最低四十日間の治癒睡眠状態に置かれます。何度もファング・トロクという言葉を口にしていますが、なにか意味があるのでしょうか？」

「いまはもう無意味だ」ブリーの声は弱々しい。「知らせてくれてありがとう」

エンザとノックスは下の出口で待っていたが、ブリーは首を振るだけだった。

「しばらくのあいだここにいるよ」と、しずかにいった。

三日三晩、ブリーはちいさな友の枕元でまんじりともせず見守った。グッキーが危篤状態から脱したと診断されてようやく、アルファランドにもどって十八時間の深い眠りについた。

7

アルファランドの空気はすこし酸素が多すぎるのかもしれない。ハミラーはそのような指摘に強く反論したが、十二月十八日の午前、ギャラクティカーがとりわけよろこびに満ちて上機嫌だったことは、紛れもない事実だった。その理由のひとつは、ベアゾット＝ポールがあちこちにあらわれたためだろう。自称インターコネクト専門家で分子テスターのポールがだれかれとなく近よっては、「アルファランドがまもなくドッキングだ」と、耳もとでささやいたのだ。その噂は司令室までとどき、ペリー・ローダンはハミラーに説明をもとめた。

「ミスタ・ポールのいっていることは本当です」チューブは請け合った。「十二時に会議を招集してください。参加者はこの時点でアルファランドに滞在している全員です。重要な発表を行ないます！」

「了解だ、ペイン。きみのことだから、なんの話か事前にいわないんだろう！」

「そのとおりです！」

ローダンは満足したようすで全員に情報を伝え、時間どおりに集まるよう指示した。

カラポン人が発見され、グッキーが助け出されてから一週間、その間にたいした出来ごとはなかった。反応炉のあったホールは完全に破壊されたが、防御バリアにより、ほかのエリアには影響がおよばなかった。ギャラクティカー側の死者は一名。カラポン人で生きのこった者はおらず、だれも地獄から逃れることはできなかった。シャフトで死んでいたふたりのカルタン人は収容されて宇宙に葬られた。

ラモン・アンダラ隊はY‐Z２‐７００のダミーを組み立てたが、その結果はまだ出ていない。

《シマロン》からの重要事項はふたつだけだ。グッキーは回復に向かっていた。かれの悲惨な状態はカラポン人の指揮官ファング・トロクのせいだった。ハミラー・チューブが置かれていた仕切られたホールは撤去され、第三格納庫はふたたび平常にもどった。

ペリー・ローダンが奇異の念をいだいたのは、コヴァル・インガードの怪しい行動だった。ブガクリスの男は、はなから《シマロン》の異分子だった。最初から宇宙船の生活に慣れていないるかに見えた。だがしばらくすると、ホームシックとひどい抑鬱に苦しんでいるようだった。ローダンはかれの日常の世話を自分の娘にさせて、個人的に気にかけていた。

テラナーの脳裏にイメージが浮かんだ。《バジス》が分散化し、文字どおり崩壊し、乗員を敗走させるようすだ。つづいて、乗員の子孫がべつべつの部族にわかれて暮らしていたブガクリスのイメージがつづいた。そして、コヴァル・インガードが《シマロン》からきてアルファランドに足を踏み入れた。かれが足を踏み入れたのは、かつて自分の祖先がやってきた場所の一部だ。

コヴァルはこのすべてが自分にとってどれほど異質なものか、一元化の準備がどれほど地味なものか、感じとったにちがいない。そこに感情はほとんどなかった、すくなくともまだ。

それが原因だろう。ローダンはそう自分にいい聞かせた。惑星ブガクリスのだれもがそうであるように、《バジス》であれテラであれ、かつての故郷に自分も足を踏み入れたいと心のなかで願っていたにもかかわらず、なにも感じない。そしていま、かれの失望は非常に大きい。どんな心理学者も助けることはできない。どうすればいい？

ペリー・ローダンには本当にわからなかったし、ほかにやるべきことがあった。主司令室には続々と人々が集まってきて、一体全体なにがどうなるのかを知りたがっていた。コヴァルとエイレーネをのぞく全員がそろった。ふたりともあらわれないというのは、よくない兆候だ。

十二時ぴったりに、ハミラー・チューブが話しはじめた。

「破損した七百個のパーツのうち、およそ六百個が修復されたことを、みなさんにお知らせします。パーツ群はわたしの指示を守って、順番も遵守《じゅんしゅ》しています。のこりのパーツで作業が行なわれているあいだに、カウントダウンが開始されました。いましがた、《リブラ》と《モノセロス》から報告を受けとりました。瓦礫の墓場周辺はすべてが平穏です。カントダウンは続行中です。みなさん、当時ネーサンが開発して実行にうつしたプログラムが、いままさに動き出していることをご理解ください。ただいまから、瓦礫の墓場では走行および飛行が禁止されます。船またはアルファファランドをはなれようとする者、あるいは各パーツから立ち去ろうとする者は、走行ビームが自動的に指定コースへ強制誘導します。これにより、飛行距離と飛行時間は通常より長くなります。速度が不十分である場合はとくに注意してください。苦情は受けつけられません。先ほどのプログラムですが、パーツはまず八千個所の集散ポイントに向かい、集合体を形成します。支障がなければ、この段階は今月末までに完了します。そのあとは、八千のポジションをすべて統合するだけです。みなさんに感謝します！」

ちいさな歓声があがった。何週間にもおよぶ過酷な作業とカラポン人による絶え間ない危険にさらされながら、ついに目標がすぐそこまで近づいている。それはもう、手で触れられるほどの距離にあった。そして人々の視線はおのずと巨大なパノラマ・スクリーンに注がれた。まだなにも見えないし、なにかが起こっている兆候もない。

突然だれかが叫んだ。

「われわれは動いている！　見ろ、アルファランドが位置を変えている！」

＊

どちらも一歩も引かなかったが、エンザ・マンスールの不満が限界に達してハミラーと議論になった。しかたなく折れたハミラーが小型の搭載艇を調達した。彼女はノックス・カントルをつかまえるとエアロックに引っ張っていき、艇に乗りこんだ。

「どこへ行きますか？」と、オートパイロットがたずねた。

「集散レベル中央部の上空へ」迷いなくそう命じて、エンザはノックスを見た。「どうしたの？　なぜじっと見つめるの？　わたしたち、時間がないの？」

「そ、そんなことはないけど。ただ、いつもと違うから。こんなきみははじめてだ。いつからロマンティックになったんだ？」

彼女は曖昧《あいまい》な笑みを浮かべ、装甲ガラスドームの下のシートにすわった。軽く衝撃がはしったと思うと搭載艇はすぐに動き出し、アルファランドから遠ざかった。目には見えない自動誘導ビームにしたがい、瓦礫の墓場のメインレベル上空まで高く飛びあがった。エンザの指示でオートパイロットが電子増幅光学キャプチャを作動させ、ドーム内部にリアルな映像がうつしだされた。なんの変化もなく、ただパーツの群れだけが鮮明になった。半時間後、搭載艇は算出された目的地に到着して停止した。

ノックス・カントルはシートのアームレストに両手でしがみついた。そう、かれは見たのだ。カウントダウンは、実際にハミラーが指定した時間からはじまっていた。最初こそはっきりわからなかったが、五日たったいまの印象はめざましいものだった。

「わたしたちが《バジス》に乗船し、この巨大な船の科学者チームの一員になったときのことをおぼえているか？」と、ノックスがしずかに訊いた。「あのときはいっしょに《バジス》の成立について調べたね。だいたい、あの船がかつてどのように建造されたのか、わたしたちには想像もつかなかった。いくつか記録や特撮動画を見たとはいえ、それだけだ。ネーサンは当時、造船過程を光学的に記録させなかったからな。でもまさか自分たちが実際に経験することになるとは思ってもみなかった。六百九十五年遅れでここに到着し、瓦礫を確認したとき、《バジス》は未来永劫破壊されたままだと思った」

エンザ・マンスールは手を伸ばすと、かれの手に重ねた。

「そうね、まるで新しくはじまるみたい。すべてに終わりがあり、新しいはじまりがある。宇宙にも、人類にも、人間関係にも。わたしは長いあいだ、いまみたいなおだやかな気持ちじゃなかった。それがなぜなのかわかる？」

かれはうなずいた。ここ数日、数週間、そのことを何度も考えた。ふたりはその性格があまりにも違うために、たがいを理解するのは困難なことが多かった。ふたりが仕事で折り合うには、プライベートで精神的な軋轢《あつれき》を必要とした。ハミラーの治療過程でも、そのような公私のバランスは大事だった。精神的にも仕事面でも疲労困憊していた時期から数週間たったいま、ふたりは心のバランスがとれて、能動的にも受動的にも攻撃性は失われていた。そういうわけでふたりは強く惹かれ合っていた。だがこの状態が長くつづくはずはない。それは許されないことだった。仕事の基盤が失われるかもしれないし、シナジー・ペアとしてのふたりのスキルがいつまた必要になるかもしれないからだ。

「ノックス、もしこの状態がずっとつづいたら？　いまのままだったら？　そうなったらどうしよう？」エンザの声は溺れかけている人のように聞こえた。かれは肩をすくめた。

「わたしにはわからないよ、エンザ」結婚してべつの仕事をすればいい、そんな月並みな言葉を彼女に伝えることに、いったいどんな意味があるだろう？　心の奥で、うまくいくはずがないと感じていた。

「あれを見ろ」かれはドームの外を指さした。

いたるところでパーツのポジションライトがきらめいていた。それぞれのパーツは瓦礫の墓場を縫うように複雑なルートを進み、異郷の難破船のまわりを大きく弧を描いたり、急なカーブを曲がったりしていたが、十字路に行きあたったかのようにいったん停止し、二十時間後にはふたたびはしりだす。すべてが動き出し、はじめてはっきり目に見える集合体が形成された。

「ハミラーは大丈夫だ」と、ノックスがささやいた。「ネーサンの建設計画を、最高に望ましいかたちで実施するだろう」

チューブはプログラムにもとづいて、どのパーツをどう制御するか正確に把握していた。位置を探知し、常時データを処理し、パーツの現在地を計算し、数分ごとに新しい移動プログラムを送信する。はじめのうちは、まるで雑踏のようにパーツが入り乱れて全体が見通せなかったが、よく見るとすべてが決められた順序にしたがっていた。

八千個所の集散場所で、集合体がゆっくり大きくなっていった。パーツは目標位置まで誘導され、そこで隣りのパーツとくっついたり、パーツとパーツのあいだに押しこまれたりした。最終的に停止すると、固定段階がはじまる。その段階ではパーツ同士が機械的に結合される。巨大な鉤がかみ合い、鎌状の金属爪が出てきて、隣接するパーツの規定開口部に食いこむ。パーツによっては、たがいに位置をずらして端部同士をかみ合わせるだけで結合が完了した。もっと複雑なプロセスで結合されるパーツもあった。ここで成し遂げられた仕事はとほうもないものだった。完全なシントロン・システムでなければ完成は不可能であり、二百人のカラポン人ではとうてい無理だった。コンマ・ミリメートルの精度で飛行操作が決められており、問題が生じたときのために機械的プロセスをサポートする磁気カップリングがそなえられていた。

「ハミラーから全員宛にメッセージがあります」と、オートパイロットが告げた。「ハミラーは現在、すべてのパーツと最終的なシントロン関係を確立しました。遅くとも二日以内に発電システムのチェックが開始できます！」

「ありがとう」と、ノックス。かれは自分の手に重ねられたエンザの手に力がこもっているのを感じた。「魔法の世界はもう充分見物したわ。いっしょにくる？」

ノックスは驚いて彼女をみつめた。

「エンザ、わたしは……」と、いいかけたところで、エンザがさえぎった。

「みんなを驚かせましょうよ。あなたもわたしがこっそり準備しておいたことに驚くと思うわ！」

＊

かれがようやく目を開けた。

レジナルド・ブルはベッドの足元に立ち、そのようすをじっと見つめていた。

グッキーが一本牙を見せてブリーに目くばせした。

「知ってるかい、でぶ。よく考えてみたら悪いのはぼくなんだ。どうしてこんなおろかな考えにとりつかれたんだろうな。あのヴァン・ゴッホってやつが、生まれながらのばかじゃないってことは、わかってたはずなのに！」

「それをいうならファング・トロクだ」レジナルド・ブルが訂正した。「本当に、もうちょっと考えればよかったんだ。のんきな性格が裏目に出るときがあるんだから。それとも子供っぽい好奇心か？」

「黙れ！　いいたいことはわかるよ。そのとおりさ。ぼかあ本当にうれしいのさ。手遅れになる前にぼくを見つけてくれたからね」

「礼ならエンザとノックスにいってくれ。ふたりはとても苦労して瓦礫の墓場を探しまわった。そしてまず、カラポン人のゾンデと塔を見つけた。塔のなかには数十人の兵士がひそんでいた。やつらはわれわれに見つかると自滅することを選んだよ。指揮官シン・ファンがいまわのきわにいくつかほのめかしたことがヒントになって、アルファランドを徹底捜索することになったんだ。コヴァルが死んだカラポン人ふたりを発見したとき、のこるはあと数時間というところだったんだ。残念ながら、もはやカルタン人の責任を問うことはできない。できるならファング・トロクに一発食らわしてやりたかったんだが！」

「それならまだ間に合うよ、でぶ！」グッキーはからだを起こすと毛布をほうり投げた。そしてベッドの端に腰をおろした。「心配しなくていいよ。医療ロボットは、次に目ざめたら起きあがってもいいっていってくれたから。なにもかも順調で、後遺症とかもないんだ。なにがいいたいかっていうとね、あのときキャッチした思考が、そのあともう一度きて、ぼくは罠にはまった。いまそれがまたきたんだ。これは思いちがいじゃない。《シマロン》のなかではなく、もっとずっと遠いところにいるんだよ。もしかして、ファング・トロクはまだ奥の手をかくしもっているかも?」

「それはない! あり得ない。夢を見たんだろう!」

「レジナルド・ブル!」ネズミ＝ビーバーが甲高い声で反論した。「口を慎め。だいたい、ここへなにしにきたんだよ」

「迎えにきたんだ。搭載艇を用意した。いっしょにアルファランドへ行こう。ここ《シマロン》にはいまだれもいない。ほかの二隻もからっぽだ!」

「だいたい、きょうは何日? なんでお迎えがいるんだよ。ぼかあよぼよぼの老人じゃないやい」

「きょうはクリスマスイヴだよ、ちび!」

グッキーは飛びあがった。

「それを先にいってよ!」グッキーは自分の船内コンビネーションを着るとうしろからブリーの手をつかんだ。その瞬間、ふたりはアルファランドの司令室にテレポーテーションしていた。

ふたりが実体化すると、ちょうどエンザとノックスがツリーを運んできたところだった。それは、どうしようもなく醜悪なしろものだった。金属パイプとグリーンのプラスティックを切り裂いた葉っぱでエンザがつくったクリスマスツリー。彼女はそれを司令コンソールの前に置いてもどっていった。グッキーはよちよちとエンザに近より、その手をとった。

「おい、ノックス、おやじさんもこっちへおいで。ふたりに感謝したいんだ！」

グッキーはふたりと握手を交わし、ぶつぶついっているブリーのほうに向きなおった。

「まだなにかあるのかい？」

ブリーは非難の目で部屋の向こうを指さした。「エイレーネ、コヴァルはどこだ？」

「すぐくるといっていたけど」エイレーネは言いわけした。ブリーの顔が赤くなったが、入口が開くと期待に満ちた表情でそちらを向いた。そしてぽかんと口を開いた。

入ってきた男は、最後の力を振り絞ってからだを引きずるように歩き、その場にいる人たちのほうへ近よってきた。武器は持っていなかった。その顔はやせこけて、飢え死にしそうに見えた。

「わたしを殺してくれ！」と、男は叫んだ。「もう終わりにしてくれ！　わたしは家に帰れない！」

最初に硬直状態からさめたのはネズミ＝ビーバーだった。ファング・トロクのそばにテレポーテーションすると、その肩の下をつかんだ。カラポン人は驚愕し、信じられないという顔でグッキーを見た。

「だれもおまえを殺さないよ」グッキーの金切り声が響いた。「その反対さ。まずは手当てをしよう。だれがこんな目に遭わせたんだ？」グッキーは仲間のほうを振り向いた。「医療ロボットをここへ。なんてことだ」

ロボットが三基入ってきたので、グッキーはカルタン人をまかせた。それから背筋を伸ばし、両手を腰にあてた。

「わたしがやったんだ！」コヴァル・インガードはカルタン人に目もくれず、その横を通って部屋に入ってきた。「偶然出会って、名前を聞いた。それで、ぶちのめしてやった！」

恐ろしい沈黙がすべてを物語っていた。それに、コヴァルはどことなく別人のように見えた。ようやくエイレーネが歩みより、その手をつかんだ。

「それでいいのよ。かれは生きのびるわ！」

ブリーはブガクリスの男に近づき、握手をもとめた。

「きみはわたしのかわりに仕事してくれた」いつになく真剣な声だ。「いまはなにもいうな。きみがグッキーをどう思っているかは、みんなわかっている。ふたりはブガクリス以来のつき合いだし、きみは野生児だ。きみがわれわれから身をもって学んだような、ときに自己犠牲に近い寛容を、だれもきみに望んだりはしない」

この意見には同意しかねる者もいたし、憂慮する者もいた。ペリー・ローダンは心底ショックを受けた表情で、ゆっくりとシートに腰をおろした。

「ブリー、それはわたしが最近よく考えているテーマだ。われわれの進化とは、本当のところどんなふうに見えるんだろう？　正常で、自然なことなのだろうか。あるいは人類と銀河系の諸種族は、過去においてあまりに急速に進歩しすぎたのだろうか？」

ローダンは立ちあがった。

「一刻も早く壁を突破しなければならない！」

エイレーネは激情に襲われてどうすることもできない父親に駆けよった。

「パパ、いったいどうしたの？」

「どうもしないよ。けれども、いいかげんに確証がほしいんだ。進化の歯車をまわす者がいるかどうかの確証が。種族や銀河系にとって二万年は長い時間だ。それを無理やり、あるいはおろかさゆえに、五千年や一万年に縮めようとしてはならない！」

沈黙のなか、エンザ・マンスールとノックス・カントルの声が響いた。

「メリークリスマス、なにはともあれ！」その声はちいさかった。

＊

ダミーは大晦日《おおみそか》に完成し、ハミラー・チューブがそれを集合体のひとつに挿入した。

そして新年を迎え、ＮＧＺ一一四四年一月三日、ハミラーはプログラムの最終段階がはじまったと発表した。一部の人々はアルファランドをはなれ、《シマロン》からその光景を眺めた。もっとも興味深かったのは、三隻の船で十二時間ごとに放映されたクイックモーション撮影画像だった。

そのとき、まさしく時間はゆっくりと流れていた。

すべてはハミラーが発表したとおりになった。集合体は着々と結合が進み、パーツの機械的結合はただひとつの障害も、ただ一度の遅れもなくかみ合った。一一四四年一月四日十四時ごろ、チューブは《バジス》の全発電システムを起動し、それによってこの巨大船の全設備が稼働した。いたるところで重力フィールド用のプロジェクターが作動した。一時間後にはメッセージがとどき、だれもが席から立ちあがって安堵の歓声をあげた。

「いまは位置探知やほかのエネルギー表示に注意する必要はありません」と、チューブが告げた。「《バジス》にインターコネクト・フィールドを注入中です！」

ギャラクティカー、とくにかつて《バジス》で働いていた者たちは、たがいに抱き合ってよろこんだ。アンブッシュ・サトーは感動のあまり涙を流した。グッキーは異生物心理学者の監視下にあるファング・トロクをつかまえると、《バジス》上空の搭載艇にテレポーテーションして復元の最終段階を動画撮影した。

「すべてがまるで夢のようだ！　インターコネクト・フィールドとはなんだ？」カラポ

ン人はそれ以上なにも言葉が出なかった。

「きみたちがこの船を飛行可能にできなかった本当の理由を知りたい？」イルトは説明をはじめた。「《バジス》のパーツのすべての接触面と端縁部の素材は分子レベルで前処理されているんだよ。この前処理によって、端縁と面が分子レベルで結合してひとつの部品に合体するように、インターコネクト・フィールドに反応する分子構造が形成される。分離部も移行部も、注入後は識別できなくなり、シントロニクスのプログラムにのみ、その存在が記録されるんだ。つまりさ、分子構造がたがいに浸透する。それによって、設計で要求される静的強度が得られるんだ。そもそも船の加速と減速を可能にする動的強度は、多数の人工重力フィールドによって得られる。その分布と強度は、発生するすべての圧力負荷、引張負荷、重力負荷を無効にするよう、自動的に制御されるんだよ」

「そんなこと、想像もしていなかった」

「きみの皇帝も知らないよな。ところで、例の〝モトの真珠〟のこと、いつまでも考えるなよ。どうしようもないんだから！」

「〝モトの真珠〟は王冠の宝石なんだよ、グッキー。皇帝ソイ・パングは自分の目のように大事にしている！」

「そうかもしれないな。でも、ぼくらの王冠の宝石はこれさ！　さあ、きみの手を貸して！」

グッキーはカラポン人をアルファランドのエリアに連れ帰り、心理学者のところにもどした。

＊

そして、アルファランドはスムーズに消失した。一一四四年一月十五日の朝六時、想像もできなかったほど美しく澄んだ天体の音楽が《バジス》全室に響きわたった。キャビンで眠っていた乗員は眠りからさめた。ハミラーはなにもいう必要がなかった。この歓喜の響きがなにを意味しているのか、だれもが知っていたから。それは文字どおり、船内の重力を忘れさせるものだった。ハミラーが重力を〇・八Gにさげたので、すこしそれに寄与したことはまちがいない。

ギャラクティカーは司令室周辺の部屋へとゆっくり集まってきた。かれらは決まった合図を待っていた。そしてやっとその合図がきたとき、最後のひとりの緊張も解き放たれた。

「ようこそ《バジス》へ！」と、ハミラー・チューブが宣言した。「みなさん、わたしをご自由にお使いください。ミスタ・ローダン、こちらへきてもらえますか。まだちいさい問題をはっきりさせなければなりません！」

ペリー・ローダンは笑顔で進み出た。ブリーやみんなもローダンにつづいた。ローダンは、すべてが順調ではないことに気づいていた。銀色の壁の前で、ハミラーが話しはじめるのを待った。

「《バジス》は完全に復元されましたが、まだ使用できません。これからただちに銀河系に向かって出発できるという単純な考えは、どうか忘れてください！　まず、破壊されたパーツをつくりなおす必要があります。建造はすでにはじまっています。さらに、わたしのメモリーは完全ではありません。巨大カタストロフィ後の人類の歴史について、知識が不足しています。

この観点からすると、この船はすぐに使用できるとはいえません。クロノパルス壁を突破するのは危険すぎます。

さらなる問題は、使えるロボットがわずかしかのこっていないという事実です。ほとんどは君主の犠牲になりました。何体かはパーツのなかから見つけだしましたが。飛行車輛として《バジス》は、軽巡洋艦二隻、コルヴェット艦十一隻、二座哨戒戦闘機二十四機、スペース＝ジェット八機を保有しています。大型宇宙船は一隻もありません。当時の乗員が使用したためです。

ミスタ・ローダン、いちばん肝心なことは、船に充分な人員を確保することです。必要な乗員数は一万二千人です。どうすればいいでしょう？」

「とりあえず、《バジス》はここに置いておこう」と、ローダンが答えた。「《リブラ》はエスコート船兼巡視船としてここにとどまる。《シマロン》と《モノセロス》はフェニックスにもどる。乗員問題の解決策もそこで見つかるだろう」

ローダンはふと、カンタロのダアルショルのことを考えた。かれをしゃべらせることはできたのだろうか？

それから、クロノパルス壁や銀河系、ゲシールやそのほかさまざまなことについて考えをめぐらせた。それらはすべて、未解決のままだ。

「了解しました」と、ハミラー・チューブ。「ただ、ひとつだけ忘れないでください。もどってくるときに指揮官を連れてきてください。ハロルド・ナイマンがいなければ、《バジス》の価値は半減します！」

＊

ライトが自動的にデイライトに切り替わり、《シマロン》の食堂入口にいるノックス・カントルの姿を照らしだした。かれはいっしょに朝食をとろうとエンザを待っていた。十分近く待ったところで、なかへ入って注文することに決めた。テーブルのサービスユニットと通信し終わると椅子の背にもたれた。目を閉じて夢を見ていた。彼女がきたのに気づかず、咳ばらいで目を開けた。

彼女はテーブルの向こう側に立っている。いつものようにブロンドのショートヘアが四方八方にはねて、大きな褐色の目はすこし恥ずかしげだ。

ノックスの褐色の瞳にうつる表情も同じで、大きくて、もの問いたげで、すこし不安げで無力に見えた。

「ここにいたのね?」エンザはそう小声でいうと、向かい側のシートにすわった。「また動きが遅くなったの?」

「きみが遅刻したんだよ」ノックスが思い切って反論した。

「それがどうしたの?」彼女が声を荒らげたので、ノックスは思わずうしろにさがった。「あなたは自分の人生でつねに時間に正確だったとでもいうの? 一分たりとも待てないのね!」

ノックスはぐっとこらえて視線を落とした。頭がすこし混乱していた。いまさっき思いついた反論を探したが、どこかへ消えてしまった。しょんぼりすわっているしかない。

「なに?」エンザは憤慨したようすだ。「いいかげんに注文ぐらいすれば?」

「そんなんじゃないんだ」ノックスはあわてていったが、相手は無言だ。彼女のいつもの朝食を、急いでサーボに注文した。ところが、けさはそれでは気にいらないらしい。不満たらたらで、二度も注文しなおした。自動装置がようやく希望の料理を運んできたとき、ノックスはコーヒーを半分飲んで、明らかに鶏卵ではない卵の料理をたいらげてしまっていた。

「人間のくずみたいな食べ方はよしてよ！」ノックスは相手にせず、自分の皿を見つめていた。

どういうわけか、すべてが昔のままであることがうれしかった。たんに、それに慣れきっているからかもしれないが。

あとがきにかえて

井口富美子

出で立ちは派手だが礼儀正しいサトー、日本の特攻隊を思わせるカラポン帝国特務部隊、そこまで相方を罵倒しなくてもいいのに、と読者も心配しそうなほど愛情表現が極端なシナジー・ペア、友のために自分なりの落とし前をつける野生児コヴァル・インガード。本巻も個性的な登場人物が勢ぞろいだ。ブリーの「われわれの、ときに自己犠牲に近い寛容」という言葉に、私はいつまでたっても進化しない人類の、現在進行中のふたつの戦争を思った。

見えない終戦、気候変動、反知性主義、もしトラ、裏金、物価高、貧困、円安。アフター・コロナという言葉さえ忘れ去られた感のある二〇二四年春、日本ではインバウンド需要がますます高まっている。私は仕事や介護の合間に京都の美術館や映画館に行くのを楽しみにしているが、京都駅はいつ行っても大きな荷物を転がす観光客でいっぱいだ。スーツケースを持ったままバスに乗りこむ人もいて、見ているだけで腰が痛くなる。私も若い頃はバックパックで欧州各国を巡り、道行く人に「リュックが歩いているのかと思った」と言われるほど荷物が大きかった。貧乏旅行でも行けるときに行っておいてよかったなとつくづく思う。

昨年から年一回、大阪や奈良の友人と京都で落ち合って梅や桜を楽しんでいる。前回は北野天満宮で梅を満喫した。雨だったせいか観光客も少なく、オーバーツーリズムを実感することはなかったが、今年は観光地の人混みをニュースで見て恐れをなし、どこへ行こうかと頭を悩ませた。直前に脚を痛めた友人がいたこともあり、京都駅から徒歩十分の渉成園《しょうせいえん》でお花見をすることになった。東本願寺の飛地境内にあるお庭で、敷地は約一万六千坪、徳川家光が土地を寄進して作庭させた仏寺庭園だという。

期待に違わず、文人趣味のすばらしい庭だった。敷地の六分の一を占める池に浮かぶ大小の島には檜皮葺《ひわだぶき》屋根の付いた風流な橋がかかっていて、庭内に散らばる建築物も茶室や数寄屋風、釣殿《つりどの》風など変化に富んでいる。庭の中央に集められたシュゼンジザクラは満開、二分咲きのヤマザクラやソメイヨシノが庭の緑に映えていた。蛇行して池に注ぐ小川の岸辺には古木の桜や菖蒲などが植えられて、そこだけを切り取るとまるで英国のコテージガーデンだ。庭全体は大木とマンションやビルに囲まれ、遠景には京都タワーが見える不思議な風景だが、あまり知られていないせいか観光客もまばらで、庭園維持寄付金五百円で見応えがあった。

とはいえ、楽しい外出も月に一回程度、普段は仕事柄あまり家を空けられず、散歩とヨガで運動不足を補い、ベランダガーデニングと読書が趣味の、たいへん地味な生活を送っている。今年はうれしいことにテレビドラマが大豊作で、引きこもりに明るい光が差しこんだ。民放も頑張っているが、私の中ではNHKがダントツだ。大河ドラマ「光る君へ」、朝ドラ「虎に翼」、夜ドラ「VRおじさんの初恋」など、待ちきれずにリアルタイム視聴しているので毎日妙に忙しい。さらに出色の出来だったのがプレミアムドラマ「舟を編む～私、辞書つくります～」だ。辞書作りにかける情熱を描いた大ベストセラー「舟を編む」（三浦しをん作、光文社文庫）を原作に、小説の主人公で編集部員の馬締光也ではなく、元読書モデルで雑誌編集部から異動してきた岸辺みどり（池田エライザ）の視点に変えて描いている。時代設定もコロナを挟んだ二〇一七年～二〇二四年と、ほぼ同時代。主人公はくせ者ぞろいの辞書編集部員に翻弄されながら言葉の魅力を発見し、言葉に癒やされ、語義に支えられて辞書編纂《へんさん》の仕事にのめり込んでいく。

その中で一番印象に残ったシーンをご紹介したい。編纂作業がようやく終わりに近づいた頃、新社長が「紙版は出さない、デジタル一本にする」と言い出す。主人公は社長を説得する材料を見つけようと、紙版が廃刊になってデジタル版に切り替わった雑誌の編集長（元上司）を呼び出し、「雑誌がウェブになってできなくなったこと、困っていることはないか」と聞く。すると編集長は「どうしてそんな後ろ向きのことを聞くのか。ウェブでしかできないことはいっぱいある。色もきれいだし動画も載せられる。買いた い商品を見つけたらその場ですぐ買えるのよ。いいことばかりよ」といい、「仕事も人生も、次に進みなさい」と説く。ドラマで紙の辞書がどうなるかはさておき、私はこの女性編集長の「次に進みなさい」という言葉がいたく心にしみた。コロナで世界が大きく変わり、ＡＩの進化でこれから世の中がどうなるのか、果たして自分はついて行けるのか。そう思うと不安で目の前の出来事から目をそらしがちだったのが、次に進む勇気が湧いた。また、辞書のために言葉の意味を追求し続けるこのドラマに救われた気がした。原作小説も映画もドラマも、どれもすばらしかった。

こんなにテレビドラマが面白くなってきたのは動画配信のおかげもあると思う。テレビ放送が終わっても配信で稼げるからだ。過去のドラマもいろいろ見てみたいと思い、『テレビドラマは時代を映す』（岡室美奈子著、ハヤカワ新書）を読んでみた。放送当時はあまり興味が持てなかったドラマも、時代という切り口で見るとさらに面白くなる。私のタブレットに並ぶ配信アプリの「お気に入り」は増える一方で、これから時間のやりくりに苦労しそうだ。

ロバート・A・ハインライン

夏への扉〔新版〕
福島正実訳
ぼくの飼っている猫のピートは、冬になるときまって夏への扉を探しはじめる。永遠の名作

宇宙の戦士〔新訳版〕
〈ヒューゴー賞受賞〉
内田昌之訳
勝利か降伏か——地球の運命はひとえに機動歩兵の活躍にかかっていた！　巨匠の問題作

月は無慈悲な夜の女王
〈ヒューゴー賞受賞〉
矢野　徹訳
圧政に苦しむ月世界植民地は、地球政府に対し独立を宣言した！　著者渾身の傑作巨篇

人形つかい
福島正実訳
人間を思いのままに操る、恐るべき異星からの侵略者と戦う捜査官の活躍を描く冒険ＳＦ

輪廻の蛇
矢野　徹・他訳
究極のタイム・パラドックスをあつかった驚愕の表題作など六つの中短篇を収録した傑作集

アーシュラ・K・ル・グィン&ジェイムズ・ティプトリー・ジュニア

〈ヒューゴー賞／ネビュラ賞受賞〉
闇の左手
アーシュラ・K・ル・グィン／小尾芙佐訳

両性具有人の惑星、雪と氷に閉ざされたゲセン。そこで待ち受けていた奇怪な陰謀とは？

〈ヒューゴー賞／ネビュラ賞受賞〉
所有せざる人々
アーシュラ・K・ル・グィン／佐藤高子訳

恒星タウ・セティをめぐる二重惑星――荒涼たるアナレスと豊かなウラスを描く傑作長篇

〈ヒューゴー賞／ネビュラ賞受賞〉
風の十二方位
アーシュラ・K・ル・グィン／小尾芙佐・他訳

名作「オメラスから歩み去る人々」、『闇の左手』の姉妹中篇「冬の王」など、17篇を収録

〈ヒューゴー賞／ネビュラ賞受賞〉
愛はさだめ、さだめは死
ジェイムズ・ティプトリー・ジュニア／伊藤典夫・浅倉久志訳

コンピュータに接続された女の悲劇を描いた「接続された女」などを収録した傑作短篇集

たったひとつの冴えたやりかた
ジェイムズ・ティプトリー・ジュニア／浅倉久志訳

少女コーティーの愛と勇気と友情を描く感動篇ほか、壮大な宇宙に展開するドラマ全三篇

ジョン・スコルジー

老人と宇宙《そら》
ジョン・スコルジー／内田昌之訳

妻を亡くし、人生の目的を失ったジョンは、宇宙軍に入隊し、熾烈な戦いに身を投じた！

遠すぎた星　老人と宇宙《そら》2
ジョン・スコルジー／内田昌之訳

勇猛果敢なことで知られるゴースト部隊の一員、ディラックの苛烈な戦いの日々とは……

最後の星戦　老人と宇宙《そら》3
ジョン・スコルジー／内田昌之訳

コロニー宇宙軍を退役したペリーは、愛するジェーンとともに新たな試練に立ち向かう！

ゾーイの物語　老人と宇宙《そら》4
ジョン・スコルジー／内田昌之訳

ジョンとジェーンの養女、ゾーイの目から見た異星人との壮絶な戦いを描いた戦争ＳＦ。

戦いの虚空　老人と宇宙《そら》5
ジョン・スコルジー／内田昌之訳

コロニー防衛軍のハリーが乗った秘密任務中の外交船に、謎の敵が攻撃を仕掛けてきた⁉

訳者略歴　立教大学文学部日本文学科卒，翻訳家　訳書『〈九月の朝〉作戦』エルマー&マール，『ブラックホール攻防戦』マール&ヴルチェク（以上早川書房刊）他多数

HM=Hayakawa Mystery
SF=Science Fiction
JA=Japanese Author
NV=Novel
NF=Nonfiction
FT=Fantasy

宇宙英雄ローダン・シリーズ〈715〉

《バジス》復活《ふっかつ》！

〈SF2448〉

二〇二四年六月二十日　印刷
二〇二四年六月二十五日　発行
（定価はカバーに表示してあります）

著者　アルント・エルマー
訳者　井《い》口《ぐち》富《ふ》美《み》子《こ》
発行者　早川　浩
発行所　株式会社 早川書房
郵便番号　一〇一 - 〇〇四六
東京都千代田区神田多町二ノ二
電話　〇三 - 三二五二 - 三一一一
振替　〇〇一六〇 - 三 - 四七七九九
https://www.hayakawa-online.co.jp

乱丁・落丁本は小社制作部宛お送り下さい。
送料小社負担にてお取りかえいたします。

印刷・信毎書籍印刷株式会社　製本・株式会社明光社
Printed and bound in Japan
ISBN978-4-15-012448-9 C0197